伊澤 洋「家族」

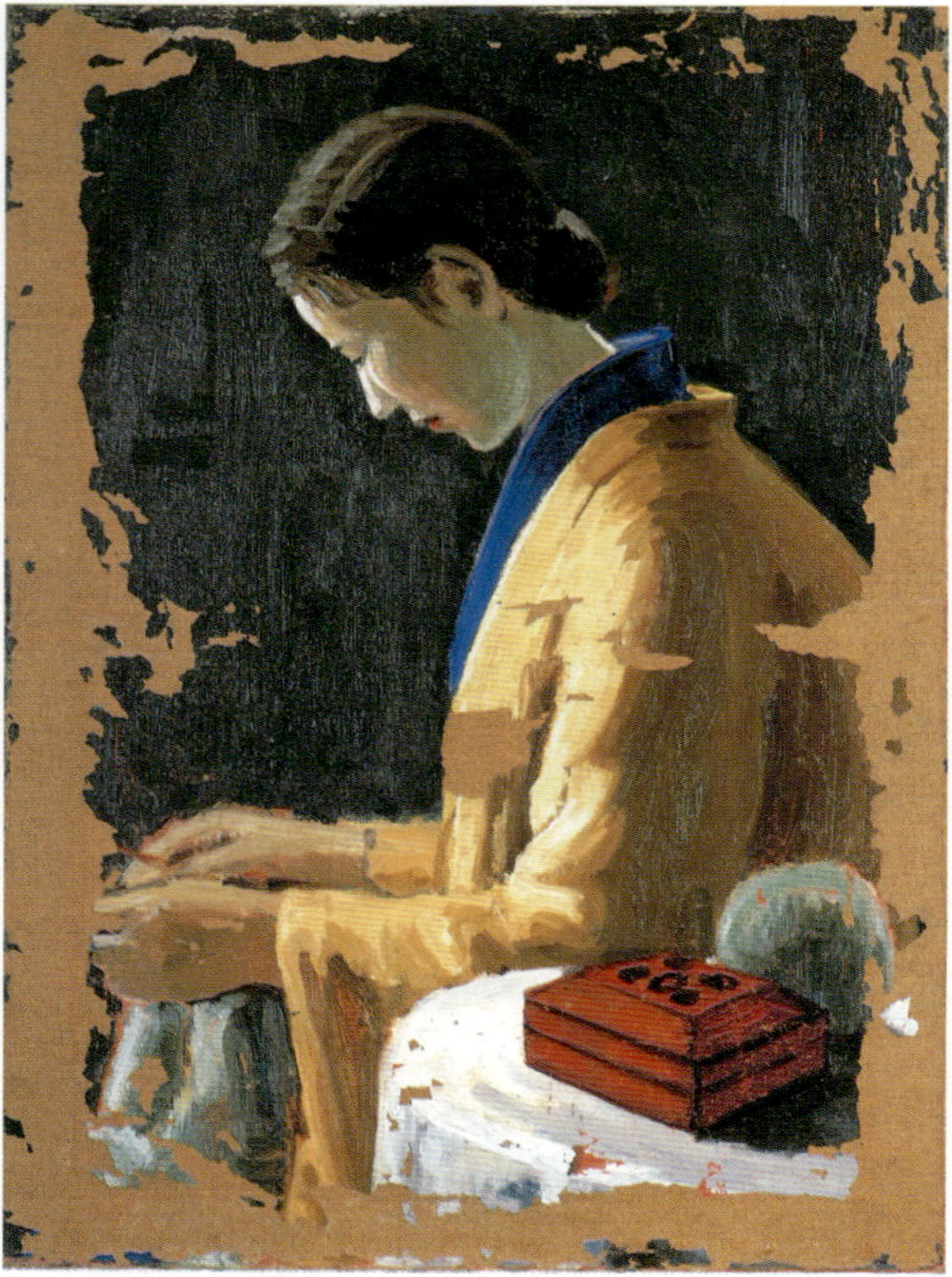
興梠 武「編みものする婦人」

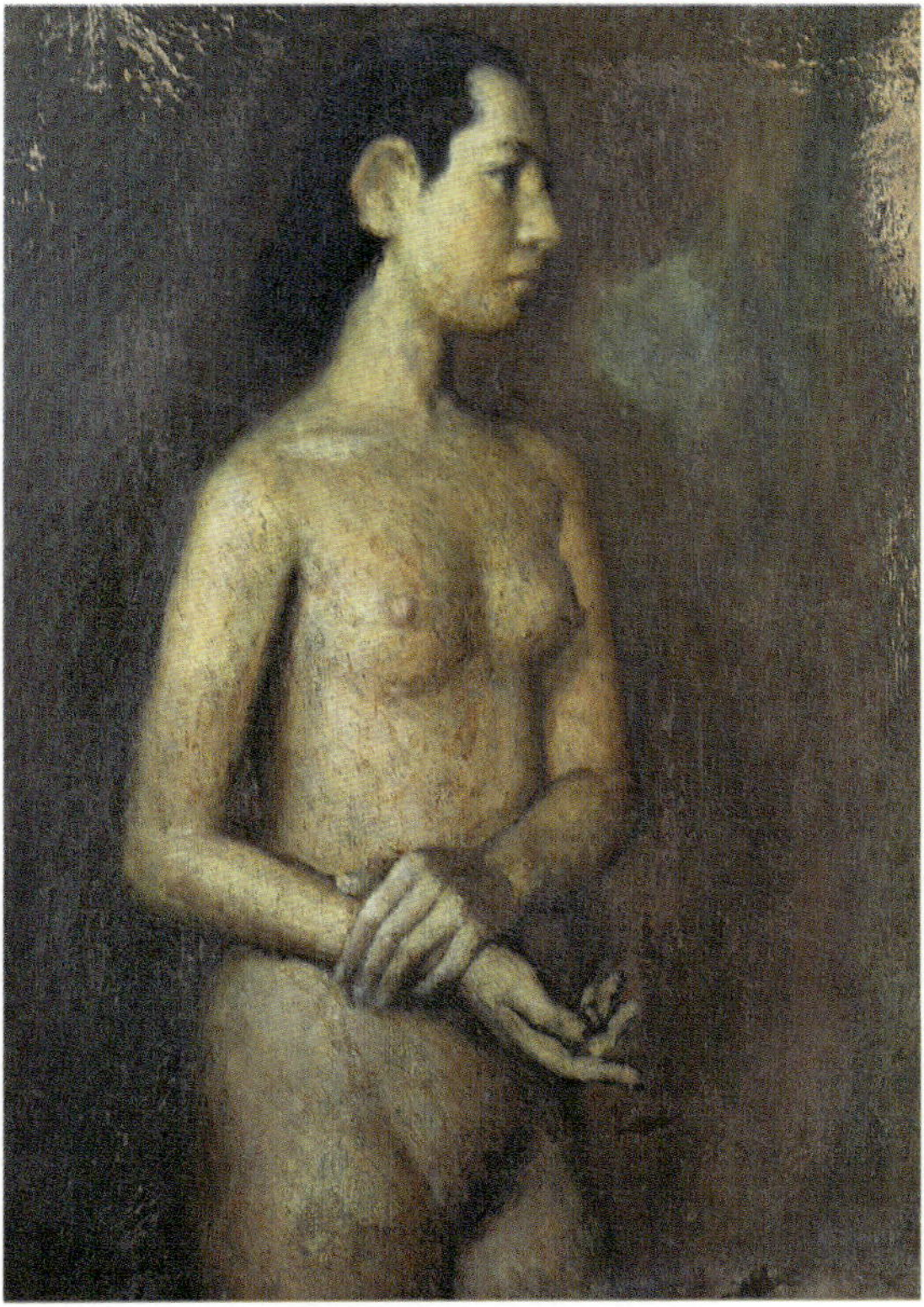

日高安典「裸婦」

佐久間 修「裸婦」

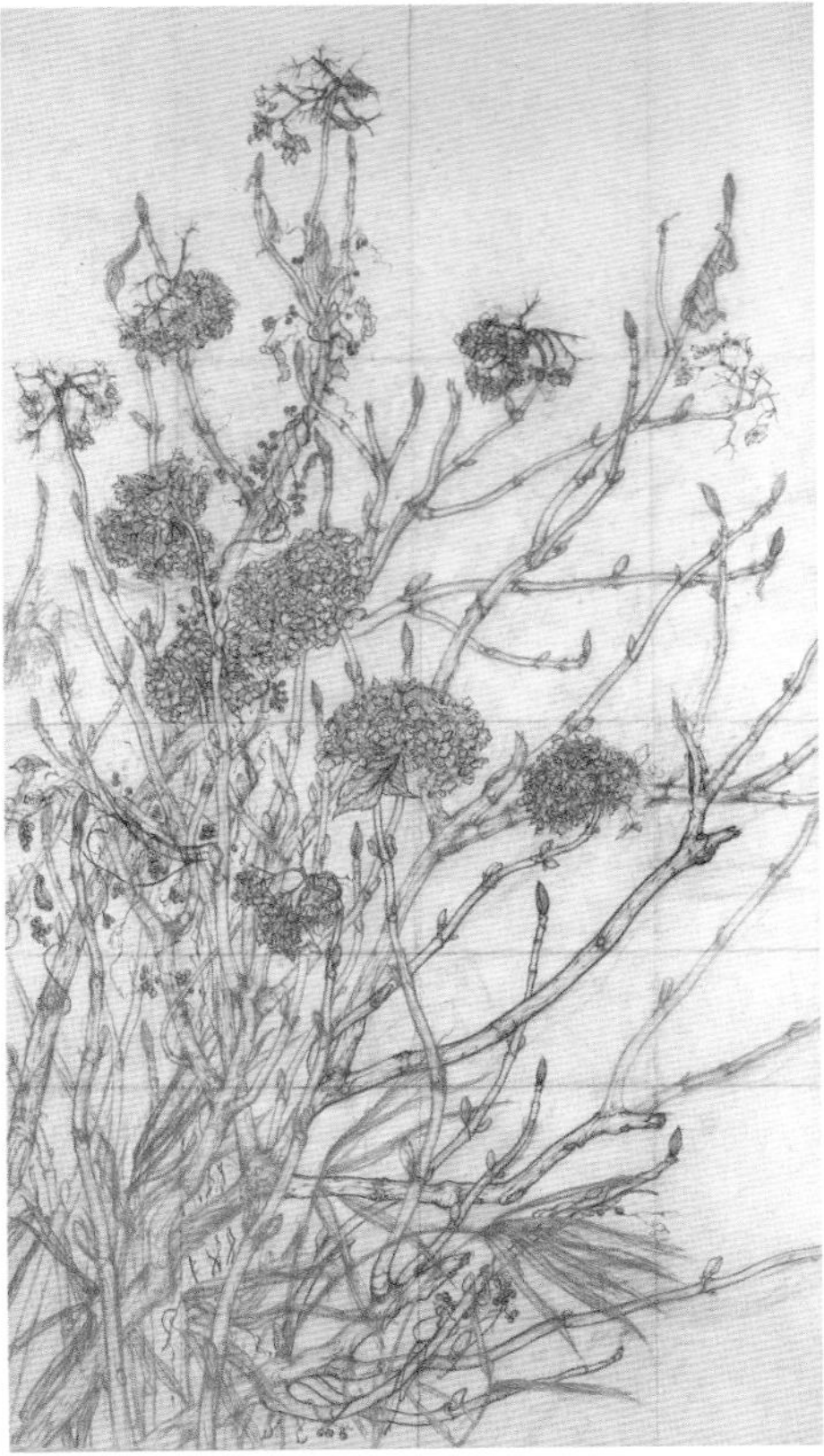

浜田清治「あじさい」

中村萬平「霜子」

無言館　外観

無言館　内観

河出文庫

無言館

戦没画学生たちの青春

窪島誠一郎

kawade bunko

河出書房新社

無言館

戦没画学生たちの青春

1

種子島の海は白くかすんでいた。

岬の外れに建つ宇宙センターの発射塔（大崎射場）が、うすい紗幕《しゃまく》をおろしたような雨モヤの中にけぶっている。道ばたに咲くハイビスカスや野牡丹《のぼたん》も、はげしい雨足にうたれて葉先をゆらしている。種子島名物の夏の驟雨《しゅうう》はますますひどくなるばかりだ。はるばる遠くへ来たもんだ、という歌があるが、ここまでくるといかにも南の涯《はて》にたどりついたという感じがしてくる。

「ここからが南種子《みなみたね》町です。人口は七千ちょっとです。この国道五十八号ぞいの東側は日本一早い早場米《はやばまい》の水田地帯になっています」

車を運転しているのは、数年前まで西日本新聞社の編集委員をされていて最近退職なさった西金男《にしかねお》さんで、車外の雨音に立ちむかうような大きな声で道案内して下さっているのは助手席の日高稔典《ひだかとしのり》さん、当年七十二歳である。西さんは日高さんの幼な馴染みで、今日は日高さんの亡兄である安典《やすのり》さんの絵を信州から見に来た私を、西之表《にしのおもて》市のフェリー埠頭まで迎えにきてくれ、そのついでに少し道を迂回して宇宙センターをガイドしてくれているのだった。

「安典さんはこのあたりの風景も描いていたんでしょうか」

私が後部座席からきくと、

「描いていました、描いていました。戦争へゆく直前にもこの付近の浜へ出てスケッチしていたのをおぼえとります」

稔典さんはいちだんと大きな声で答えた。

昭和十二年に東京美術学校（現・東京藝大）に入学し、同十六年十二月に繰り上げ卒業した日高安典さんが満州に出征したのは翌十七年春のことである。その後安典さんは南方のバギオにおくられ、そこで戦死した。稔典さんの話では、安典さんは美校入学のあとも毎年かならず帰省していて、卒業して入営するまでの何ケ月かも、南種子の生家に帰ってきていたという。もしこの故郷の海を描いたとすれば、それはまだ春浅いおだやかな北太平洋の海だったのだろうか。

「やはり安典さんにとって、この種子島の風景はかけがえのないものだったのでしょうね」

私がいうと、

「いやァ、そうはいっても、こんな田舎ですからなァ、本人は美校に入らなくても東京には出たいと思っていたようですよ」

稔典さんは答えた。

「戦前の種子島には今のトッピー（鹿児島と西之表をむすぶ高速船）のような便利なものはなくて、週に一、二本屋久島回りの船が着くだけの離れ小島でした。それに、その頃の地元の産業といえば、サツマイモかサトウキビの畑作、葉タバコの栽培ぐらいのものでしたからねぇ、若い者の多くは、やっぱり本土に出て働くことをのぞんでいたと思います」

と、これは西さん。

「ことに安典さんは南種子の中学を一番で出た優秀な学生でしたから、たとえ絵描きにならなくても島を出て成功していたんじゃないでしょうか」

しゃべっているうちに車は「上中」という地名の小集落に着いた。上中は西之表から島を縦断して走っているバスの最終停留所である。雨のむこうに、何という名かわからないが青い実に黄色いうちわのような大きな葉をつけた果樹園の柵がつづいている。バス停をすぎてしばらくゆき、軒のひくい何軒かの家並みの外れを右にまがると、やがて「日高稔典」という表札のさがったトタン屋根の家があらわれた。

「見ての通りのオンボロ家ですからなァ、小さい頃には、よく台風で飛んだ屋根の修繕を兄弟して手伝ったもんです」

稔典さんはいった。

今回の日高家の訪問で、私が二年前からはじめた戦没画学生のご遺族を訪ねる旅は全国三十ケ所に達していた。いや、訪ねた先に該当するご遺族がみつからず、手ブラで帰ってきた旅をふくめれば四十ケ所にもなっていたかもしれない。

日頃から健康じまん、細いGパンをはいて若ぶってはいても、私はもうすぐ五十四歳になる。北から南へ、ここのところかなりきびしい旅程がつづいていたので、さすがに少々へバリ気味だった。しかし、こうやって各地で画学生のご遺族のあたたかい迎えをうけると、そんな疲れはたちまちふきとんでしまう。ましてそこで、画学生がのこした五十数年前の作品とめぐりあうことができたりすれば万々歳なのである。

戦後五十年、とはよくいったもので、戦死した画学生の遺作のほとんどはきわめて保存状態がわるい。何しろ五十年という永い歳月である。遺族が転居したり、家を改築したりするたびに、そうした遺品や遺作が傷つき散逸してしまうのは当然のことだろう。すでに両親は亡くなり、ご兄弟姉妹が健在であっても八十歳、九十歳の高齢になっている。たとえ亡くなった画学生への哀惜の念に変わりはないにしても、その学生時代の習作や戦地からのスケッチが無傷で守りつづけられている例はめずらしいのだった。

たとえば（これは手ブラで帰ってきた先なのでご遺族名はあかせないけれど）、茨城県N村から出征し、フィリピンで二十四歳で戦死した画学生Yさんの場合などは不運だった。Yさんには二人の姉妹があったが、先年お二人とも他界され、現在茨城の生家に住まわれているのは末妹のご子息、すなわちYさんの甥《おい》にあたられるご夫婦である。戦後、Yさんの妹さんは亡兄の描きのこした作品を大切に納戸《なんど》に仕舞われていたのだが、甥御さんの代になってまもなく生家が火事になってその大半を焼失、わずかにのこったスケッチ帖や絵具箱の類はいったん同じ県内の親類宅に保管されることになった。しかし、その親類宅も何年後かに隣家からの貰い火《もらいび》によって全焼し、ついに絵は一点も無くなってしまったという。

「亡くなった母が、これはお父さんやお母さんが大事にしていたお兄さんの遺品だから粗末にするわけにはいかないと、口グセのようにいっていたのですがねぇ。せめて、別棟に火のとどかない蔵でもつくっておけばよかったんですが、経済的な余裕もなくて……」

私が訪ねていったとき、Yさんの甥御さんはそういってすまなそうに頭を下げるばかりだった。

しかし、考えてみれば若い甥御さんにとってYさんは未知の伯父さんという遠い存在でしかないのだ。お母さんからいつも聞かされていたとはいっても、アルバムの片隅に貼ってある出征時の軍服姿の写真を一、二ど見たことがある程度の知識だ。その甥御さんに、戦後五十年Yさんの形見をずっと保管しつづけてゆく義務を負わせることじたいが酷といわねばならないだろう。

「Yさんも決してご家族を恨んではいないと思いますよ。だれもかれも、戦後はみんな自分が生きることに必死だったんですから」

私はそんなふうに甥御さんをなぐさめたものだった。

また、これも不運例の一つだったが、青森県H市に生まれて応召、昭和二十年ミンダナオ島で二十六歳で玉砕死した画学生Sさんの生家は、戦後の何どかの区画整理であとかたもなく消えてしまっていて、そこに住まわれていた唯一のお兄さん家族の所在も未だに不明なのである。同じ部隊に所属していて復員した戦友の話では、Sさんが戦地で描いた何点かの油彩画やスケッチ帖を、同じ画学生仲間が故郷へおくったということなのだが、それも戦時下の混乱の中でどこかにまぎれてしまった。だから、在籍していた東京美術学校でもかなりの才能の持ち主だったというSさんの絵を、今やだれも見ることはできないのである。

「絵描きにとって、自分が描いた絵がこの世にのこっていないということは、自分がこの世に生まれてこなかったということと同じだ……」

私は空しく帰ってきたH市からの列車の中で、いつかある画家から聞いたそんな言葉を思い出していた。

たしかにそうなのだ。一片の召集令状によって否応なく戦地にひっぱられ若い生命を散らした画学生にとって、描きのこした作品だけが自らの生の証《あかし》だったにちがいない。たとえそれがどれほど未熟で未完成なものであったにしても、短い一生をかけた唯一のこの世への遺言だったにちがいない。その絵が一枚ものこっていないだなんて、何て哀しいことだろう。志半ばで戦死した画学生の無念はもちろんのこと、そうした最愛のわが子を懸命にそだて、将来の大成を夢みていた親兄弟の思いは、いったい何によってなぐさめられればいいのか。

だからこそ、こうやって全国各地への巡礼旅をかさねた結果、五十年の風雪をこえて生きのこった遺作とめぐりあえた私の喜びは大きいといわねばならないのだった。のこされた数少ない親族たちの手によって、何とか現在まで守りつづけられてきたそれらの作品を前にしたとき、遠い異国の戦場で死んでいった画学生の生命が燦然《さんぜん》とよみがえってくる気がする。親族の永年の心遣いによって、作品が当時とほとんど変わらぬ状態でみつかったときなどはなおさらだ。絵を描くことに全身全霊をかけていた画学生の熱い息吹きが、一筆一筆にこめたかれらの夢や希望のかけらが、そのまま心の芯にまでつたわってきて感激する。

今回の鹿児島県種子島の日高安典さんの場合がそうだった。

「いやァ、無口でしたけれどとてもやさしい兄でしたよ。しかし、絵を描いているときに私が寄ってゆくと、ウルサイとばかり頭をコツンとぶたれましてなァ。とっても痛かったことをおぼえとります。とにかく、幼い頃からいつも鉛筆をもって絵を描いている兄でしたから」

稔典さんは西さんに手伝ってもらって、押入れの奥に入っている安典さんの絵を居間まで運び出しながらそういった。絵は大半がカンバスやベニヤ板に描かれた油彩画で、細長い六号ほどのものから十五号ぐらいの大きさのものまであった。稔典さんはその古ぼけて埃《ほこり》まみれになった絵の一つ一つを、何か重病人の身体でもかかえるように大事そうに押入れから運び出してくる。稔典さんのシャツは、画布についた埃やカビでもう真っ黒になっていた。

「日高家からは私のすぐ上の兄の芳典、それに次兄の安典が兵隊にとられました。安典は学生時代、東京池袋の東長崎のアパートに下宿しとりましたが、昭和十六年の暮れに繰り上げ卒業させられて、それからまっすぐ帰郷して鹿児島の部隊に入営したんです。私がまだ旧制中学の四年生か五年生だった頃、川内《せんだい》の駅へ見送りにいったのが最後でした。安典が満州へ出征したあと、私は一人で東京の安典の下宿に後始末にいって、もうはげしくなりかけていた空襲の中を、兄の描きかけの絵や絵具箱をかかえて帰ってきました。それがこの絵です」

私は稔典さんの話を聞きながら、眼の前にならべられた十点ほどの安典さんの絵をだまって見つめていた。小さなスケッチ板に描かれた種子島の海浜風景、六つならんだセザンヌ調の林檎《りんご》、薄昏《うすぐら》い陽光の中にうかんでいるはるかな樹林の道、唇をかみしめ前方をじっと見すえている自画像……どれもが、いかにも五十年の月日の経過を思わせるような、黒ずんで古びた木枠にうちつけられた粗末な画布の上に描かれている。

なかでも私の眼をとらえたのは、十号大ぐらいのカンバスに描かれた茶褐色の裸婦だった。額のひろい利発そうな横顔をみせて、まるで白磁か瀬戸を思わせるような初々しい光沢をたたえた裸身をさらしている、若い女性の立像である。

「このモデルは安典さんの恋人だったのでしょうか」

私が不躾《ぶしつ》けにきくと、

「さぁ、はっきりしませんが、たぶん安典が美校時代にあこがれとったモデルさんなのかもしれませんなァ」

自分のことをいわれているように、稔典さんははにかんで頭をかいた。

「何しろ戦争中のあの時代のことですから、男と女の関係は今のような自由なもんじゃなかったですし、それに、安典は決して自分から恋をうちあけるような性格の男じゃなかったですから。でも、同級生の話では、これは卒業する直前に安典が描いていた絵で、生きて帰ったら必ずこの続きを描くからとモデルの女性にいいのこして出征していったそうです」

「なるほど、だからこの絵には署名がされていないんですね」

私は稔典さんの言葉にうなずいて腕をくんだ。

安典さんが東美を卒業したのが昭和十六年十二月、じっさいに満州に出征したのはその翌年三月だったから、同級生の証言が事実とすれば、この絵は安典さんの東美在学中の最後の作品ということになるのだろう。稔典さんのいう通り、モデルをつとめてくれた女性は安典さんが見染めた初恋の相手だったのかもしれない。すでに一億総動員令が敷かれ、国じゅうが戦争一色に染まっていた時代だった。せまりくる学徒出陣の日をひかえて、安典さんはのこされた時間のすべてをこの「裸婦」の制作にそそぎこんでいたのだろう。生きて帰ってこの絵の続きを描きたい、そういって戦場へ発ったという画学生日高安典の言葉が、絵の前に立つ私の胸をやるせなくゆさぶった。

安典さんは戦争がはげしくなった昭和十九年の秋頃、戦地ルソン島から何冊かの日記帖やスケッチ帖、それに絵具箱などを種子島の生家に送りかえしてきていた。私は出発前に、稔典さんが信州の美術館に送ってきてくれたそれを何どもよみかえしてきたのだが、「兵営日記」と題されたノートの最後の「八月二十六日」のページにこんな詩がつづられていたのを思い出した。

秋立つ鳥の飛ぶ方を見よ
秋立ちていつ帰りこん　迷い鳥
秋立ちていつ帰りこん　ツンドラの苔

何と静寂と孤独とにみちたせつない詩《うた》だろうと思った。それは安典さんが飢えと死の恐怖にさいなまれながら戦場で書きのこした絶唱だった。もはや何もかもを覚悟した安典さんの心の中を、いま静かに飛び立とうとする水鳥の羽音が聞こえる。いつ帰れるともしれぬ己《おの》が明日を知りつつ、旅立つあわれな迷い鳥の羽音である。安典さんが駐屯していたバギオは、ルソン島でも最大の激戦地だった。戦死公報によると、安典さんが戦死したのは昭和二十年四月十九日だったというから、この詩はその約半年前の「八月二十六日」に書かれたものらしい。自らの死を予期した安典さんの、さぞ無念であったろう心中を想像するだけで胸がつまった。

何冊かあるスケッチブックの余白には、こんなふうな言葉もきざまれていた。

小生は生きて帰らねばなりません

絵をかくために

これは臓腑《ぞうふ》をえぐるような安典さんの、のこしてゆく家族や友にあてたたった二行の短い別辞だ。いや、別辞というより、自らに科せられたのがれられない宿命に必死にあらがおうとしているせつない遺し文《のこぶみ》だった。そこには、絵を描くことこそが己れの生の全存在であるという安典さんの神々《こうごう》しい自負と確信があった。うめきにも似た生存への渇望があふれていた。

「絵具箱やスケッチ帖は、本人の希望で私が満州に送ってやったものだったのですが、兄はそれをそっくり送りかえしてきました。もうこの戦況では絵を描くことはできないという兄なりの伝言だったのでしょう。あれほど絵を描くことにうちこんでいた兄が、絵具箱を送りかえすというのはよほどのことだったはずですから」

稔典さんはいいながら何ども眼頭をぬぐった。稔典さんの網膜には、戦後五十年たった今も元気だった頃の兄の姿がはっきりと刻印されているようすだった。

「戦死されたのは昭和二十年の四月でしたね」

私がいうと、

「それだって当てにならんことです。遺骨一本もどってきたわけではなく、安典の名を書いた小さな紙切れが一枚入っている白木《しらき》の箱一つがとどいただけなんですから。いつも剛気で涙などみせることのなかった母が、あのときだけは空の箱を抱いて肩をふるわせて泣いていたのをおぼえとります」

稔典さんの隣で西さんも涙ぐんだ。

日高家の庭には朱《あか》いデイゴの花が咲いていた。ふだん本土では見ることのできないあざやかな南国の花だった。その花の燃えたつような花弁の朱色が、志半ばで戦地のツユと消えた一人の画学生の生命の色のようにも思えた。

「でも、今日、クボシマさんがこうやって死んだ安典の絵を見にきてくれて、きっと兄もよろこんでいると思いますよ。私ら家族にしてみたら、これでようやく兄の本当の葬式が出せたという気持ちなんです。私らは、心からクボシマさんに感謝しなければなりません」

私は何だか放心したような気分で、稔典さんのその言葉を聞いていた。

2

どこのご遺族を訪れたときも、私がいちばん苦手なのはその「感謝しています」という言葉をかけられたときだった。苦手というより、そうした言葉をかけられたとたん、私はたちまち答えにつまって落ち着かない気持ちにおそわれるのだった。

たしかに私はここ何年か、全国各地をとびまわって先の太平洋戦争でなくなった画学生の遺作、遺品を収集する旅をつづけている。それは、文字通りだれに援助をされているわけでもない手弁当の旅だった。そして、来年にはいよいよ私の念願である戦没画学生慰霊美術館「無言館」の建設がはじまる。現在私が信州で経営している個人美術館「信濃デッサン館」の分館として、平成九年五月初めにその開館が予定されているのである。それもまただれの手を借りるわけでもない、正真正銘私の自腹仕事であり、借金事業であるといってもいいのだ。そういう意味では、たしかに私は遺族にとって感謝すべきキトク（？）な人間なのかもしれなかった。しかし、当の私には、とうてい自分はそんな美徳の持ち主などに思えない。それどころか、画学生のご家族に感謝の言葉をかけられたり、頭を下げられたりすればするほど、私は自分自身の心の内部に何ともいえぬ鈍痛のような傷みを感じるのだった。

いったいそれはなぜなのだろう。なぜ私はご遺族の、自分の労苦への感謝の言葉を素直に聞こうとはしないのだろう。私の心のおくに走る傷みとはいったい何の傷みなのだろうか。

私が戦没画学生の遺作をあつめて「無言館」を建設しようと思いたったきっかけは、今から十九年前、つまり昭和五十二年夏に日本放送出版協会（現・NHK出版）から刊行された『祈りの画集』という一冊の画集からであった。もっと正確にいうなら、当時その画集刊行のために全国の遺族のもとをあるかれていた野見山暁治《のみやまぎょうじ》さんという一人の画家との出会いからであった。

正直、十九年前に偶然書店の片隅でみつけて手にした『祈りの画集』をめくったとき、私は最初からそれほどの感動をおぼえたわけではなかった。画集には主として野見山さんと同じ年代、昭和十年代初めから昭和十八、九年まで東京美術学校に在学していて、卒業後出征して帰らぬ人となった画学生たちの遺作やプロフィルが紹介されていたのだったが、私はきわめて漠然と、そうした戦争によって数多くの画学生が死んでいったという歴史的事実を思いうかべただけであった。その時点では、それ以上の感慨も感傷も私の心にはわかなかった。

それはたぶん、おしなべてかれらの絵が何となく稚拙《ちせつ》で未消化なものにうつったせいもあったろう。当然のことだったけれど、絵の勉強途上にあったかれらの絵は、技術的にも造形的にも習作の域を出ておらず、まだまだ半人前であった。ふだん画集や展覧会で眼にしている既存の職業画家の作品にくらべると、まだどの絵にも書生（？）ふうな甘いところがあった。どんなにかれらが遠い戦地で悲惨な死をとげた戦没画学生であったにしても、作品第一に考える私の眼には、どうしてもその未熟さが気にかかったといっていいかもしれない。それはとりもなおさず、私がどれだけそのときかれらの絵をきちんと正視していなかったかという証拠だったのだが。

それに、もともと私にはどういうわけか、「戦争」と「芸術」とをあまりつよくむすびつけて考えたくないという性向があった。性向といってかまわないと思うけれど、人間の表現行為が「戦争」に誘導されたり影響されたりすることをどこかでひそかに警戒しているところがあった。絵が直接的に「戦争」とか「平和」とかをテーマにすることに対しても何となく抵抗感をもっていた。絵はあくまでも精神的で人間的な感情を喚起させるためにあるのであり、それがプロパガンダ的な主張とか意見とかを第一に発することにはぼんやりとした拒否反応をおぼえた。『祈りの画集』にのせられている戦没画学生たちの絵を見ても、今一つ私の心に共鳴する思いがわきあがらなかったのは、おそらくそうした私にあった潜在的な美意識というか、妙なこだわりのようなものに原因があったともいえるだろう。

画学生が戦争で亡くなったという歴史的背景と、かれらがのこした作品の評価はべつのところで語られなければならない。かれらの絵が自分の心をうってこないのは、やはり芸術的にまだそれが未完成であり、絵として及第点に達していないからではないか、私はそう思っていたのだった。

じっさい、私はその後あらためて『祈りの画集』を手にとったり、その内容に対して関心をもつことはほとんどなかった。たまに何かの拍子に美術館の書棚にあるその画集の背文字に眼がゆくことがあっても、めったにそれをめくることはなかった。『祈りの画集』についてだけでなく、テレビや新聞で同じような戦争や美術をテーマにした報道をみても同じだった。そのうちに何年も月日がたち、信州の美術館の経営やら原稿書きの仕事に追われているうちに、私の頭からはすっかり戦争で死んだ画学生たちのことは忘れ去られてしまった。

それが、つい二年前の冬、ひょんなことから当の『祈りの画集』執筆者のお一人であった画家の野見山暁治さんとお会いする機会をもち、野見山さんの口からじかに絵のことや戦争のこと、戦死した同級生のことなどをうかがっているうちに、私はそれまでの自分に巣喰っていた戦争と絵というものに対する大きなあなどりに気づかされることになったのである。

ひょんなことというのは、毎年二月の第四日曜日、私の美術館でひらかれている「槐多忌《かいたき》」のことであった。大正時代に二十二歳五ケ月で夭折《ようせつ》した詩人画家であり、私の美術館の中心的コレクションをなしている村山槐多《むらやまかいた》の命日に因《ちな》んでひらかれるこの催しは、美術館が開館した昭和五十四年当時からつづいている名物イベントの一つだったのだが、その十六回目の「槐多忌」のゲストとしてお招きしたのが野見山暁治さんであった。当日のもう一人のお客さんは女優の黒柳徹子さんで、それにＮＨＫのアナウンサー西橋正泰さんが司会役をひきうけて下さり、館近くの村営集会場で小さな公開座談会がひらかれた。テーマはたしか「人間が生きるということについて」（今ふりかえるととても陳腐なテーマだったと思うけれど）といったものではなかったかと思う。

多少説明を加えておくと、毎回この催しには全国各地から二、三百名ほどの人々があつまる。開館当初はほんの二、三十人の近在の人々が集う行事だったのだが、いつのまにかそんなふうに盛況をきわめるようになった。長野県内だけでなく、東京、関西はもちろん、遠く北海道、九州からの参加者もある。公開座談会のあと、館の前庭で行われる恒例の焚火をかこんだ酒宴もにぎやかだ。参加者は地元のお百姓さん差入れのトン汁に舌つづみをうち、信州特産のふるまい酒に酔いしれる。何しろ二月下旬の東信州の凍て空のもと、底冷えが身体の芯にまではいあがってくる寒冷期だから、よけいにトン汁と地酒の味がほかほかと胃の腑にしみわたるのである。

そんな「槐多忌」の前夜、野見山さんと西橋さん、それにＮＨＫの看板美術番組

「日曜美術館」のベテラン・ディレクターである小林徹さんの三人が、美術館の峠一つむこうにある別所《べっしょ》温泉に宿泊された。お忙がしい黒柳さんだけが翌朝到着の日帰り組だった。座談会会場の準備や酒宴の打ち合わせをすませてから、私も野見山さんたちが泊まられているU旅館に駆けつけて夜おそくまで歓談させてもらった。

偶然といえば偶然だったが、これも今考えると何かの縁だったように思う。たまたまそこに同席された小林徹さんは、ずいぶん以前からの私の知己《ちき》で、かつて日本放送出版協会から『祈りの画集』が出版されたときの担当編集者でもあった。私たちの話題はしぜんと『祈りの画集』や「戦没画学生」のことになった。

野見山さんは独特の少しぶっきらぼうないいかたで、

「あのときはNHKの仕事でぼくが当時の生徒の代表のようなかたちで全国の同級生の遺族を訪ねたわけだけど、今からふりかえるとちょっと時間が足りなかったなァと思うんですよ」

そう話しだされた。

昭和十三年に東美に入学された野見山さんは、昭和十八年に繰り上げ卒業して満州牡丹江《ぼたんこう》省に出征、行軍中に肋膜を患い、陸軍病院に入院してやがて復員するのだが、のこった学友の大半がそこの戦場で死んだ。生きていれば今も画布にむかっているにちがいない美校仲間が、聖戦の名のもとにむりやり戦闘に駆り出され、絵筆を銃にかえて死んでいったのだった。その忌まわしい戦地体験の記憶と、戦後ずっとそうした慙愧《ざんき》に耐えぬ思いを抱きつづけてきた野見山さんの心情は、もちろん『祈りの画集』の中にも切々とつづられていたし、他のいくつもの著作にもあらわされていた。

「あの画集は、ぼくと詩人の宗左近《そうさこん》さん、それに評論家の安田武さんの三人で執筆した本だった。ＮＨＫもずいぶん力を入れて費用をかけてくれた。でも、ぼくは本当は自分一人の足でぜんぶの遺族のもとをあるきたかったですねぇ」

　野見山さんはいった。

「ということは、先生にとってあの画集は不満足なものだったということですか」

「いや、そうじゃなくてね、何というかな……何しろみんな同じ学校で絵をやっていた仲間だからね……」

「一人一人に一口ではいえないたくさんの思い出がおありになるんですね。五十年近くたった今になっても……」

「そうだね。昨日今日のことはすぐ忘れてしまうくせして、あの頃の仲間のことはなかなか忘れられない」

　野見山さんは、そこでちょっと口をつぐまれたあと、

「戦後何十年もたった今、あらためてかれらの絵を見ると、何て下手クソな絵を描いていたんだろうって思うんですよ。でも、どの画学生にも、生きていればさぞ絵描きになりたかったんだろうな、という思いがつたわってくる絵が一点はある。いつのまにか、我々が忘れていたものを思い出させてくれるんですね。キザないいかたになるかもしれないけれど、絵を描く歓びというか、絵が描ける歓びというか……」

といって、少し遠くを見るような眼をした。野見山さんの口調はおだやかだったが心にひびいた。

そして、

「ぼくはあの画集の発行を手伝ったとき、何人かの遺族の前で、いつかかならずかれらの絵をあつめて展示する施設をつくりたいなんて約束をしてきたんですよ。それはそれで立派な意義のある美術館になるんじゃないかって考えましてね。しかし、もうあれからさらに二十年近くもたって、お父さんお母さんもとっくに他界しているし、今かれらの絵がどうなっているかと思うとやりきれない気持ちですね……」

はんぶん含羞《はにか》むような笑いをもらされた。

「美術館……ですか」

かたわらの西橋さんと小林さんが感心したような声をだした。

私も感心組の一人だった。しかし、私はまだその段階では、野見山さんの語る「美術館」の意義や、死んだ画学生の作品に対する思いのすべてをちゃんと理解できたわけではなかった。

「美術館……」

「同じ時代を生きた先生にとっては、きっとどの画学生の絵も共有できる世界なんでしょうね。でも、ぼくのようにろくに戦争体験ももっていない人間には、何だかひどく遠い時代の古びた絵のように見えてしまうんです。何も語らない、何もうったえてこない、単なる画学生の習作のように見えてしまう。仕方ないことかもしれませんが」

私がいうと、

「そうだねぇ、たしかに一点一点の絵はそうかもしれないね。だけど、ぼくはそんな絵がぜんぶ勢揃いしたらふしぎな迫力があるような気がしてならないんですよ。とにかくかれらは生きたかったにちがいない。生きて絵を描きたかったにちがいない。そうした思いが何十点も集まれば、きっと何か、ぼくたちの想像をこえた大きな声になってきこえてくるような気がする」

野見山さんは、自分がいった言葉に少し照れたような顔をしてビールを呑んだ。

「だいいち、かれらが死んでからの五十年、我々生きのこった画家たちがどれほどの仕事をしたかといえば自信はない。ことによると、かれらの絵のほうが何倍も純粋だったかもしれないんだから」

そのときになって、私はようやく野見山さんのいっていることが少しずつわかるような気がしてきた。たとえ一点一点の絵が未熟であっても、それが一堂に会《かい》すれば何かべつの大きなひびきになって聞こえてくると野見山さんはいうのだ。そうかもしれなかった。技術のウマイヘタなどとはかかわりのない、その絵じたいがもっている生命の重さ。野見山さんが夢えがく「美術館」とは、あの時代にかれらが何を考え、何を叫び、何をもとめて死んでいったか、そのせつない声がオーケストラとなって聞こえてくる場所という意味なのだろう。それなら何となく私にも納得できるのだった。そして、それは野見山さんだけではなく、あの戦争という時代を生きのびたたくさんの画家たちが共通して抱いている思いなのではなかろうかと思った。

私はしばらくだまったあと、

「先生が考えているような美術館が、本当にどこかに実現できたらいいですねぇ……ご遺族もさぞよろこぶでしょう……もし、ぼくでよかったら、そのお手伝いをさせていただけませんか」

そういい、

「先生が二十年前にめぐった同級生のご遺族の家を、もう一どぼくといっしょにあるいてみましょうよ。ぼくが運転手をやりますから、先生は助手席にのっていてくだされぱいいんです」

力をこめて野見山さんの眼を見つめた。

——正確にそういう言葉だったかどうかわすれてしまったけれど、私はまるで夢遊病にでもかかったように、胸のおくに何か灼《あつ》いものがこみあげてくるのを感じながら野見山さんにそう申し出たことをおぼえているのである。すべてはあのときの、あの熱にうかされたように口走ったその一言からはじまったといってよいのだった。

3

あのとき、私の胸をあれほど灼《あつ》くさせたものが何であったのかが今もってよくわからない。たしかに私は、野見山さんが永いあいだ抱いてきた、戦死した画学生らへの鎮魂の思いに胸をゆさぶられはしたが、それがあの「お手伝いさせてください」と申し出た理由のすべてであったかというと少しちがっていた。私にはもっとべつの、自分の心を内面からつきあげてくる特別な何ものかがあったように思われる。

それはおそらく、私がどこかで野見山さんの言葉に自分の「戦後」というものを重ねあわせて考えていたからであったろう。重ねあわせていたというとカッコよいいいかたになるけれど、私は私なりに、野見山さんのいうことを自分自身のそれまでの人生にかぶせて解釈しようとしていたのだった。

私は野見山さんの話を聞いて、自分がいかにそれまで「戦争」というものから眼をそらして生きてきたかということに気づかされた。昭和十六年（あの真珠湾攻撃の年だった）に生まれたれっきとした「戦前派」の人間であるにもかかわらず、私の半生のほとんどは物やカネを追いもとめるだけの日々だった。戦後の高度成長経済に右往左往して、朝から晩まで金かせぎに頭をいっぱいにして働いていた。自分の生きた足もとの暦や、自分をそだてた父母たち（私の場合は事情があって生父母ではなく養父母だったが）の苦労をふりかえることなどめったになかった。いや、めったになかったというより、私にはそれに気づかぬフリをして逃げていたようなところがあった。その一つの証拠が、大した哲学信条があるわけでもないのに、自分の好きな絵と「戦争」とをむすびつけて考えることを漠然とイヤがったりしていた点ではなかったろうか。

野見山さんのいう通り、戦没画学生の絵はあの理不尽で不条理な「戦争」というできごとをぬきにして語ることはできない。かれらが描いた風景や、静物や、恋人の絵は、あの忌まわしい戦争下に描かれていたからこそその意味をもつ。絵は画学生の手によって描かれたが、あの「戦争」がかれらの絵を産んだとさえいってよいのだ。だとすれば、その絵をもう一ど見つめなおすことは、それじたい私自身の「戦後」の生のありようを見つめることになるのではなかろうか。すでに五十路半ばになった私の、何も考えずにいい加減にすごしてきた半生の道のりを、ここでいっぺん清算してながめる絶好のチャンスになるのではなかろうか。

それに、少し言い訳めくけれども、私がそんなふうに自分自身の「戦後」というものに疑問を抱いたのはそのときがはじめてではなかった。

私はときどき思い出すことがある。

あれはたしか、熊本県立美術館で「野田英夫《のだひでお》フレスコ壁画帰郷記念展」（野田の義兄にあたる多毛津忠蔵という画家との二人展だった）がひらかれることになり、その準備に追われていた平成元年夏頃だったと思う。私は何日間か熊本に滞在したことがあった。アメリカに生まれて戦前日本で三十歳そこそこで夭折《ようせつ》したその日系二世の画家、野田英夫は、私が以前から興味をもって追いかけている画家の一人だった。私の信州の美術館にも、野田英夫の作品は何十点か収蔵されている。どれもが、私が野田の出生地のアメリカにまで何回も出掛けて手に入れた自慢のコレクションである。また、ながく加州サンフランシスコの母校に放置されていた画家の壁画を日本に移動するにあたっても、私はその工事の進行、美術館と学校との橋わたし役の先頭にたって走りまわっていた。私はそのフレスコ壁画が、ついに野田の父母の郷里である熊本の美術館に陳列されることになったのがうれしくて、わざわざ遠い肥後の国まで足を運んだのであった。

滞在三日めぐらいだったろうか、私はふと、同じ熊本市内に住まわれている版画家の浜田知明《はまだちめい》氏を訪ねてみようという気持ちになった。いまさらつべこべ解説する必要などないと思うけれど、浜田氏といえば、長い兵役生活での体験をテーマにした「初年兵哀歌」や、独特のシニカルな社会諷刺の眼差しでとらえた「見える人」などの名作で知られる日本の版画界の大先達であり、長く郷里の熊本に住まわれている地元美術界の重鎮でもある。私は一地方のしがない美術館主という身のほどもわきまえず、せっかくここまできたのだから、この機会を利用して浜田先生の家を訪ねてみようと思いたったのである。

じつは、私はずいぶん以前から浜田版画のファンであった。戦争体験と絵をむすびつけて考えるのはイヤだなどといっておきながら、人一倍反戦色、諷刺色のつよい浜田版画に魅入られるというのは何だか理屈にあわなかったが、浜田先生のきざんだ銅版画にだけはぞっこんだった。あまり中央の画廊で新作の発表のない浜田先生の作品だったが、それでもたまに銀座のH画廊やM画廊で展覧会があったりするとかならず見にいった。だが、作品は一点ももっていなかった。美術館に送られてくるオークションン・カタログや、画廊の案内状に気に入った作品を発見したときなどは、何どか相手先に問い合わせてみたのだが、けっきょく一足遅れで先客にとられたり、金の工面がつかなかったりして手に入れることができなかった。コレクションはお金の問題より、そのときの運、不運が大きく作用するものである。私はそれまで、何となく浜田知明先生の作品とは縁がなかったというほかなかった。

だから、白状すると、私は熊本県立美術館に「野田英夫展」を見にいったとき、何とかして一ど先生の家をお訪ねし、もしチャンスがあったら先生ご自身から一点でも作品をわけていただけないかという下心をもっていたのである。

たしか、浜田先生は熊本の水源町というところにお住まいですね、この美術館のあ

る二の丸公園からは遠いのでしょうか、と熊本県美の主任学芸員古家良一さんにたずねてみると、

「いいえ、そんなに遠くありませんよ。タクシーで、二、三十分、二千円ぐらいの距離でしょう」

との返事。

「でも、先生のところへ行っても作品が手に入るとはかぎりませんよ。先生も、クボシマさんの好きな戦後すぐの旧作はほとんどおもちになっていないようですから」

私の下心をとうに見透かしているように、古家さんはクスリとわらった。

私はおそるおそる浜田先生のお宅へ電話してみた。すると幸い、浜田先生はご在宅で、少しの時間ならばお会いしてくださるとの奥さまの答えだった。私は小躍りした。

さっそく美術館にタクシーをよんでもらって、鞄に入れてきた信州名物の野沢菜漬の手土産をたしかめつつ、水源町の浜田邸にむかった。車は熊本城の坂をおりて白川の橋をわたり、しばらく繁華街を郊外のほうに走った。古家さんの案内どおり、ものの二十分ほど走ったあたりから周辺は閑静な住宅地になり、やがてバス通りを三筋ほど入った屋敷町の外れに白い低い塀にかこまれた浜田邸がみえた。

上品な奥さまの出迎えをうけ、玄関わきの応接室でお待ちしていると、

「いらっしゃい」

小さなささやくような声がして、眼鏡のおくに柔和な眼をひそませた浜田先生がベージュ色のカーディガン姿で入ってこられた。

「初めまして……」

私はバネ仕掛けのようにとびあがってあいさつした。

ところが、そのあと私は先生と何を話したのか、恥ずかしいことにまったく記憶がないのである。いや、正しくは何も話さなかった、話すことができなかったというべきなのかもしれない。私は緊張に身体を石のように固くさせながら、自分が長野県の上田市という小さな地方都市で私設美術館を経営している人間であること、たまたまこんど地元の熊本県立美術館で自分の館が収蔵している野田英夫という日系画家の展覧会があって、その下準備で熊本へやってきていること、そして、ふだんから先生の作品にあこがれていることや、その中でも戦後まもなく国際展に出品された「初年兵哀歌」に象徴される一連の戦争体験のシリーズにことさら魅力を感じていることなどをいっきにしゃべった。

しかし、それも今となってはきわめてアヤフヤでアイマイな記憶なのだった。とにかくおぼえていることは、先生がそのあいだ、一言も発さずにだまって私を見つめておられたことだった。先生は何もいわず、私の言葉にいちいち肯《うなず》くことも首をふることもせず、ただとつぜん訪問してきたGパンの中年男の顔をじっと見つめておられた。

「私は先生のエッチング、アクアチント、どちらも好きなのです。ことに一九五〇年代に発表された初年兵哀歌や、その後の狂った男なんかはずいぶん前に画集で見て以来心惹かれておりました」

「……」

「先生の戦後まもなくの作品は、中国大陸での戦地体験がモトになっていて、……どの絵も私たちにもわかるような人間の哀しみというか、孤独感のようなものがただよっていて好きなんです」

「……」

「私は戦争というものを直接知らないのですが、先生の作品を通じて感じるのは、何かとても重苦しく哀しい軍隊の生活です」

「……」

「私はいつかは、先生の作品も自分の美術館にならべてみたいと考えています。私の美術館は夭折した画家のデッサンばかりを展示している小さな施設なのですが、先生の作品はかならず私の美術館に似合うと思いますから……」

「……」

私がどんな話をしても、浜田先生は何もおっしゃらず、じっと私を正視したままだった。私は何だかすっかりあわててしまい、それから無我夢中で戦争のことやら、戦争下における何人かの絵描きたちのことやらを（ああ何という無謀なことだったろう）火のついたようにしゃべりはじめた。

「たとえば私は、靉光《あいみつ》、松本竣介《まつもとしゅんすけ》といった戦時下の画家の仕事には、あの時代にしかなかった画家のエネルギーがひそんでいると思うんです。たんにいい絵を描きたいとかいった画家としてのエネルギー以上のものがかれらの仕事にはあります。絵を描くことによって、現実でははたすことのできない理想の世界を実現させようとする迫力があるといっていいでしょうか。私はそこのところに感動するんです」

「……」

「たしかに戦争はとりかえしのつかない過ちでしたが、そこに生きた一群の画家たちはむしろ純粋に自分を表現することにうちこんでいました。かれらの絵を見ていると、どんな逆境にあっても人間はすてたもんじゃないなという気がしてきます」

「……」

今考えると、あのときいったい私は何を先生に話そうとしていたのだろうか。何を訴えようとしていたのだろうか。私はただ、先生の沈黙に射すくめられ、うちのめされ、そのことによって他愛もなく取り乱してしまった自分を、先生に見破られまいと必死だったように思う。何とかその場をつくろい、ごまかし、先生から信用される人間のようにふるまおうと懸命だった気がする。私は、一刻も早くその場から逃げだしたいほど浜田先生の沈黙がこわかったのだ。それは、何をしゃべっても、どんなことを訴えても身じろぎもせずに、私の前に立ちふさがっている重く巨大な岩石のような沈黙であった。

もちろん、浜田邸におじゃましていた一時間あまりのあいだ、浜田先生は私に一言も声をかけて下さらなかったわけではない。ときどき思い出したように「あ、そう」とか「ほう、なるほど」とか、慨嘆ともタメ息ともつかない短い言葉を先生は口にされた。べつに私の不慮の訪問を非難しているわけでも、いぶかしんでいるわけでも、迷惑がっているわけでもなかった。先生はごく自然に私とむかいあってくださっていた。しかし、当の私は、その自然体の先生の前で、身ぐるみはがされた兎《うさぎ》のような心細い心境で身体をこごめ、ただただ息をころしてその視線にたえていたのだった。

とにかく、その日どうやって自分が浜田知明先生の家から帰ってきたのかおぼえていない。たぶん奥さまに頼んで近所のタクシーをよんでもらい、それに乗ってホテルまで帰ってきたのだろうと思う。もう遠いおぼろな記憶になってしまったけれど、小さな植込みのある格子硝子《こうしがらす》の玄関口まで送ってくださった奥さまに、何の目的でやってきたのかわからない奇妙な訪問者は、蚊のなくようなあいさつをして浜田邸を辞したのだった。

私はあのとき、身も心もヘトヘトになっていた。

ふりかえってみると、あの十年近く前の夏の一日、私が熊本水源町の浜田知明先生の家で味わった沈黙体験は、はからずも私の「戦争」、いや「戦後」に対する浅はかな認識ぶりをあぶりだす結果になったといえるだろう。私は浜田先生の作品を語りながら、そこに表現された先生のもっている「戦争」への遺恨や哀しみ、悔いを、自分なりに精いっぱい解説したつもりだったが、それはちっとも浜田先生の心にはとどかなかった。どんなに意気がって評論コトバを連発してみても、それは先生の前で力なくチリヂリになってどこかへ消えてしまった。先生はただ、だまってそんな私を見ているだけだった。私がどれだけ先生の懐にとびこんでゆこうと思っても、先生は私の手のとどかぬ遠い場所で何もいわずに坐っておられるだけだった。

けっきょく私は、何もわかっていなかったのだ。「初年兵哀歌」や「狂った男」が好きだといっても、その作品の裏側にある作者の重い鉛のような孤独のかたまり、憤怒のかたまりをわかっていなかったのだ。じっさいに戦争にゆき、銃をもち、敵兵とたたかい、友の死を見送り、自らも傷つきながらようやく祖国の焼け野原に帰ってきた一人の版画家の、どこにももってゆきばのない五十年の苦悩の歴史を私はまったくわかっていなかった。先生はそんな私の言葉を、何ともいえぬいらだたしい気持ちで聞いておられたのではないだろうか。

これも今になっていえることだけれども、私が別所温泉で野見山さんの話を聞いたとき、思わず「先生の同級生たちの遺族めぐりのお手伝いをさせてください」と申し出た心の底には、あの十年前の熊本での浜田先生との出会いが何らかのかたちで影響していたように思う。あのながい沈黙、息がつまるような一時間余のあいだ、一言も語らずにだまって私を見ていらした浜田知明先生の眼差しが、十年後の私の心の中に何か大きなふくらみとなってひろがっていたと思う。

だから私は、あのとき少しも迷うことなく、まっすぐに野見山さんを見つめて「手伝わせてください」といったのにちがいないのだった。

4

私はここで、私自身の「戦争」に対する意識の変化、心の動きを整理するためにも、あのとき私の心の内部で交わされた自問自答をもう一ど再現しておきたいと考える。それは何となく煮え切らない、つじつまのあわない、どこまでいっても回答を得られない堂々めぐりの問答であったけれども……。

――おまえは浜田知明先生の沈黙がこわかったというが、こわかったというだけでは説明にならない。どういうわけでこわかったのか、おまえはいったい何にうろたえていたのか。

――それは自分のしゃべっている言葉に自信がもてず、それを先生に見透かされているようでこわかったのだ。

――自信がもてない、といっても、おまえだってまがりなりにも開館十年にもなる美術館の主ではないか。浜田先生の作品を高く評価しているというのなら、それはそれでりっぱなおまえの意見だと思うのだが。

——いや、私がうろたえたのは、先生の作品への感想ではなく、先生の心の奥にある戦争というものの重みと、私自身の考えている戦争というものの意識とに大きなへだたりを感じたからだ。

——だが、おまえだってもう五十近くにもなる男だろう。おまえが生まれた昭和十六年は、あの真珠湾攻撃のあった開戦の年だった。そうであれば、おまえだって一応は戦前派の人間なのだ。たとえ幼い頃だったにしても、おまえなりの戦争体験があったはずではないか。

——たしかにあった……私にも戦争の頃の思い出が……。疎開先の宮城県石巻へゆく汽車の窓からみた仙台空襲の、雨のようにふりそそいでいる焼夷弾《しょういだん》の光、避難する人々や復員してきた傷病軍人でごったがえす車内で、必死の形相で小さな私の身体をかばおうとしていた両親の顔、昭和二十年夏、親子三人で石巻から帰ってきたときの、あの東京明大前いちめんの荒寥《こうりょう》たる焼け野原の光景は今も忘れられない。……けれども、私にとってはそれは幼い頃見た遠い日の、今ではすっかり色褪せてしまったセピア色のアルバム写真のようなものなのだ。私はそれを、私にとっての本当の戦争体験だとはどうしても自覚できないのだ。

——それは、恥ずかしいことだね。おまえが生まれた年に日本は戦争に突入し、おまえをそだてた貧しい靴職人の夫婦は人にいえない苦労の日々をすごした。まして、おまえの父や母は生みの親ではなく育ての親だったからなおさらだった。おまえを一人前にするまでに、あの人たちは人並み以上の辛酸を味わったはずだ。

——……。

——疎開中に東京の家を空襲で焼け出され、住むところをうしなったおまえの親は、戦後ついに貧困から立ち直れぬままだった。夢も希望もなく、たった一人の貰い子《もらいご》のおまえの成長にすがるだけの一生だった。戦前は、それでも明大前でそこそこの靴修理店と学生下宿を営んでいた人たちだっただけに、その悔しさはひとしおだったにちがいない。自分たちの悲運と、時代の残酷さへの恨みは人一倍だったにちがいない。それもこれも、戦争という時代が名もない市井の人々に対してもたらした悲劇だったんじゃないだろうか。そのことを、物心ついてからのおまえが一どとして顧みることがなかったとしたら、それは恥ずかしいことだ。

——返す言葉がない。私は高校を卒業して世の中に出てからというもの、経済的に裕福な生活を得ることだけで頭がいっぱいだった。夜おそくまで手を真っ黒にして働いて帰ってくる靴修理職人の両親を、蔑《さげす》みこそすれうやまう気持ちになど、これっぽっちもなれなかった。一日も早くそんな貧しい生活からのがれて、上等な服を着、家をもち、自動車をもち、幸せな結婚をすることばかりを夢みていた。親たちの苦労やその時代をまったく考えないわけではなかったが、それは両親が他界して何年もしてからのことだった。けっきょく、このいい歳になるまで、私は生活に追われて、そうした足もとのことに眼をやるゆとりがなかったのだと思う。

——ゆとりの問題ではないだろう。そういうおまえの人生への考え方、つねに自分を赦《ゆる》そうとする生き方だって、戦争というものがもたらした戦後の世の中への大きな罪だったかもしれない。

——わかっている。それはわかっている……。

——ましてや、おまえはふだん、戦争や病気で早く世を去った画家たちの絵ばかりをあつめた美術館を経営している男ではないか。おまえは日頃から、無名の画家の存在を世に知らせることに誇りをもち、時代にながされずに絵筆をにぎっていた少数の反骨の画家たちに光をあて、それを自分の天命の仕事として少なからず意識してきたはずだ。そんなおまえが、肝心の自分の足もとにある戦争という、たくさんの芸術家たちを死に追いやった時代を、そんなにないがしろにしてきたとは情けない。それでは、おまえのやっていることはあまりに上べだけの内容のない仕事になってしまう。

――そうだ、その通りだ……しかし、私は私で自分の現在の仕事には自負と誇りをもっている。収集した画家たちの絵一枚一枚は、少ない資金をやりくりしながら、自分だけの眼で買いあつめたかけがえのない作品だ。私の生涯をささげた宝物だ。だから、この美術館を経営することは私の人生そのものなんだ。そのことだけは信じてもらいたい。

――そうならば、なぜ浜田先生の沈黙におまえはあれほどうろたえたのだ。自分の現在に自信があるというのなら、正々堂々と浜田先生の沈黙とたたかうべきだったのではないのか。

――その通りだと思う。しかし、今の私には、とても先生にむかってこれが戦争に対する自分の言葉だといいきれるものがみつからないのだ……。

こんなふうに書いてくると、いかにも私が自分の「戦争」や「戦後」と真摯《しんし》にむきあい、日頃からそうした問題を深く考えていたように思われるかもしれないけれど、べつにそれほどのことではない。私はとりたてて何を考えていたというわけでもなかった。十年前熊本で版画家の浜田知明先生とお会いした当時、いったい自分は戦争というものについてどう考えていたのだろうかとふりかえるとき、私はいつも、この自問自答にあるような、ひどくアイマイで希薄な戦争観なき自分の姿を発見するだけの話なのである。

5

私と野見山さんがはじめて二人三脚の旅にでた先は、栃木県河内《かわち》郡南河内にお住まいの伊澤民介《いざわたみすけ》氏宅であった。平成六年四月下旬の花ぐもりの朝、先生の練馬のアトリエまでお迎えにあがり、二人して軽い腹ごしらえをしたあと一路高速道路を栃木方面にむかった。伊澤民介氏のもとには一ケ月ほど前にお手紙を差しあげていて、その日の訪問の約束はとりつけてあった。

といっても、伊澤さんの所在地がそんなにかんたんにわかったわけではない。私たちはまず東京芸大の学籍簿やＮＨＫから取り寄せた『祈りの画集』編集当時の資料などを頼りに、手当たりしだい約五十通ほどの問い合わせの手紙をご遺族のもとに出してみたのだが、その大半はナシのツブテで、「宛先不明」でもどってくるものが多かった。前にもいったが、何しろ戦後すでに五十年近くがたっている。世帯主の死亡や転居によって、かつての住居が変わっているのはムリもなかった。また、その頃の資料や学籍簿には不確かな記録が多く、市名町名まではわかっても正確な字名《あざ》や地番が記されていない場合が多かった。伊澤宅の場合も、最初はすぐにはそれがわからず苦労したのだが、事情を知った役場のかたの調査で旧地番変更後の住所がわかり、半月後にようやくそこにご健在だった民介さんとの連絡がとれたのであった。

伊澤民介氏は、昭和十八年にニューギニアで二十六歳で戦死した画学生伊澤洋《ひろし》氏のお兄さんである。野見山さんの記憶では、民介氏は現在とうに八十をこえた老齢のはずだが、二十年前に野見山さんがＮＨＫのスタッフと訪ねたときは現役バリバリのお百姓さんだったという。手紙によると、戦死した洋氏の油絵やデッサン、ほんの何通かの書簡と郵便、それに愛用していた美校のスケッチ箱などは、いまも兄民介さんのもとに二十年前と寸分変わらぬ姿で保管されているとのことだった。

事前にしらべておいた地図が不完全だったため、さんざん道に迷ってしまい、ようやく伊澤宅にたどりついたときにはもう午後二時をすぎていた。春浅いのっぺりした関東平野は、どこまでいっても畑と田んぼばかりがつづき、目標物をみつけるのに一苦労する。野見山さんが『祈りの画集』の中で「木立に囲まれた家の中にも風が通りぬけてゆく」と書かれていたのを思い出したが、なるほど、うっそうとした杉木立と松の樹林にかこまれた湿っぽい庭地の奥には、まるで古材をあつめて建てたみたいな(失礼ないいかただがその通りなのだ)民介氏ご夫婦の住む家がぽつんと建っていた。

「二十年前とちっとも変わっていないねぇ」

野見山さんは木立のあいだを伊澤家にむかってあるきながら、なつかしそうにつぶやかれた。

すると、とつぜん庭にめんした硝子戸がガタガタとあいて、

「こりゃ、こりゃ、野見山先生、たいそうおなつかしゅうございますなァ」

小柄な身体をさらにひくく折りながら出てきたのが伊澤民介さんだった。背中は丸まっているが、顔の色はツヤツヤと健康そうに日焼けし、とても八十歳すぎには見えない。うしろに立っている奥さんも、人のよさそうな笑顔をニコニコほころばせて私たちを見ている。

あちこちに風呂敷包みやフトン包みが何段にもつみあげられ、四すみの書棚にぎっしりと古びた本がつめこまれている六畳間ほどの部屋に通されると、天井いっぱいに

クモの巣がはっているのが見えた。高い天井の梁《はり》に白い納豆糸をひいたようなクモの巣が、まるで蚊帳《かや》でもつったみたいに一面にひろがっている。おまけに蚊が多い。まだ春先だというのに、耳のそばでぶんぶん羽音がする。高い梁からつるされた裸電球が、昼なお暗い六畳間をぼんやり照らしていた。失礼ないいかただけれど、現代の世の中にまだこんな家があったのかとたまげてしまうようなアバラ家ぶりである。

「お二人がこられるというので、昨日から洋の絵を納屋から出してこうやって飾っておお待ちしておりましたんですわァ」

民介さんがいうので、眼を転じると、部屋のすみのフトン包みの上には二点の油絵がならんでいた。一点は一すじの道を薄いグレーと緑青色を基調にして描いた風景画で、もう一点は伊澤家の一家団欒《だんらん》を描いたと思われる家族の絵である。

「こっちの風景は、洋が召集令状をうけとった翌日に描いた絵です」

民介さんはいった。

見ると、その道を描いた油絵は、どこか印象派かバルビゾン派の画家でも思わせるような色調とタッチの絵だった。道わきに繁った樹々の葉陰と、それに沿ってむこうへつづいている一すじの静かな道。一つとて人影のない、風の音さえ聞こえないしんと静まりかえったその道は、何か遠い過去の世界へとつづく道のようにも見える。召集令状をうけとった翌日、この道に一人画架を立てた伊澤洋は、どんなことを考えながら絵筆をうごかしていたのだろう。

「この絵を描いていたときには、本人はもう生きて帰れぬことも少しは覚悟していたのかもしれませんなァ」

民介さんが野見山さんの耳にささやくようにいうと、野見山さんもだまってじっとその絵に見入っていた。それは、絵をのぞきこむことによって、かれらとすごした戦争中の仄《ほの》かな記憶をたぐりよせようとでもするような野見山さんの眼だった。

民介さんの話だと、洋さんが美校に入学したのは昭和十四年四月、しかし入学する前の農業をしている頃に徴兵検査をうけていたので、他の生徒より一足早く三年生の夏に兵隊にやられたとのことだった。十六年七月歩兵第六六連隊に応召し、同月満州チチハルに出征、香港攻略戦に参加したあとニューギニアにわたり、戦死したのはサラモア地区カミアダム高地というところである。十号大の縦長のカンバスに描きこまれている静寂にみちたその道は、そうした無惨な死への軌跡をたどることを余儀なくされた洋さんの、この世で最後に見たやすらぎの風景であったのかもしれない。

私はその絵とともに、もう一つの家族の絵のほうにも興味がわいた。いかにも戦前の礼節きびしい一家を感じさせるような、一張羅《いっちょうら》を着込んだ伊澤家の人々が画面の中にならんでいる。上等な背広を着た兄民介さんと着物姿の若奥さん、新聞をよんでいる両親もきちんとした身なりだ。家族がかこんだテーブルにはしゃれたテーブル掛けがかけられ、その上には半分皮をむいたおいしそうな果物と、紅茶のカップがならんでいる。画面右上でカンバスにむかっている学生服姿が洋さん自身だろう。何という平穏な、あたたかい一家団欒のひとときを描いた絵であろうかと思った。

ところが、かたわらから民介さんはこういうのだ。

「まあ、これは洋の空想画ってもんでしょうな。あの頃のうちの家は、朝から晩まで百姓仕事に追われて、こんな生活の余裕はありませんでしたからなァ。洋はきっと、心の中でこんな一家団欒の風景にあこがれていたんでしょう」

おっしゃるところによると、じつはこの「家族」は、出征前日に洋さんが塗りつぶそうとした絵なのだという。そのときは家人にとめられて、洋さんは絵の破棄を断念したというのだが、それがどんな気持ちからだったのかは民介さんにもわからないという。絵の出来具合が気に入らなかったのか、それとも「家族」というそのテーマに何らかのふくざつな感情があったのか。

考えてみれば、伊澤家にかぎらずあの時代の地方の大半の農家は、こうした一家団欒のひとときなど想像もできぬほどの貧しい生活状態だったはずだ。せまりくる軍靴の音を聞きながら、だれしもがその日の生活で手いっぱいだった。ましてあの頃、地方の農家から一人の子供を東京の、それも美術学校にあげるなどということにはよほどの決断と勇気がいった。今のように、子供が芸大に入れば親子が手をとりあってよろこぶなどという時代ではなかった。金もかかったし、だいいち一家にとっては畑仕事の貴重な一人の労働力をうしなうことでもあった。僅《わず》かな入学金と月謝が払えぬために、伊澤家では大事にしていた庭の欅《けやき》を切って金に替えたという。そんな一家の代表選手とでもいうべき掌中の宝を、戦争というむごい時代の仕打ちによってうばわれてしまった家族の思いはどんなだったろう。

民介さんはこうつづけた。

「洋は香港での攻略戦に加わったあと、出征時の二百名から僅か九十名にへってしまった部隊に入ってニューギニアで戦死しているのですが、そこは相当な激戦区だったそうでしてねぇ。戦後ずいぶんしてから、生きて帰ってこられた佐野出身の中隊長さんが、戦地のほんの一握りの砂をとどけてくれました」

私はその話を野見山さんの『祈りの画集』の中で読んで知っていた。野見山さんが「零《こぼ》れないように幾重にも包まれた紙を少しずつ開いてゆくと、キメこまかい、漂白したような粒子がキラキラと盛りあがって出てきた。骨を焼いた後のような色をしているでしょう、と兄さんはいった」と表現されている印象的な場面だった。だが、なぜかそのとき、私は自分からすすんでそのニューギニアの砂を民介さんから見せてもらおうという気にはなれなかった。その砂は野見山さんたち戦争参加者たち、いや戦争によって傷をうけた被害者たちだけが通じあえる何ものかをふくんでいる秘密の粒子のように思えた。何か、そういうものを自分などが手にとってはいけない引け目のようなものが私の心には生じていたのだった。

私と野見山さんはそれから一時間ほど伊澤家におじゃまし、洋さんのその他の油絵やスケッチを見せていただいたが、そのうちに、民介さんは趣味で絵を描いているからといって、奥からご自分の油絵まで出してきた。どうやら洋さんの絵を手本にしているらしく、何となく似かよった画風の絵である。絵以外にもたくさんの趣味をおもちだそうで、お花やお茶のたしなみもあり、近くの公民館では俳句の先生もしているとのことだった。八十歳半ばになる現在も、朝早くから耕運機を自分で運転されて畑にでているという民介さんは、死んだ弟さんのぶんまでも人生をたのしんでいるふうにもみえる。洋さんの戦死さえなければ、本当は伊澤家は長生きの家系だったのかもしれないな、などと私は思ったりした。

民介さんは、何年後かに開館をめざしている私の戦没画学生慰霊美術館の建設計画

にはもちろん大賛成で、

「おかげさまで、もう一つ生き甲斐が出来ましたよ。ここ何年も旅行などしたことはないんですが、美術館が出来上がったらぜひ信州をお訪ねしなければなりませんな」

そういってわらい、

「洋のといっしょに、わたしの絵もならべて下さらんかなァ」

真顔でそんな冗談までいった。

「いやいや、それはまた別の機会に……」

とあわてる私たち。

いつのまにか外の木立には夕暮れがせまっていた。美術館の計画がすすみましたら、もう一どうかがいますから、そのときにはぜひ洋さんの絵をお預け下さい、大事にさせていただきますから。私はそう約束して野見山さんと伊澤家を辞去した。私たちとしては、民介さんご夫婦の手厚い保護によって、洋さんの遺作や遺品が少しも破損していなかったことを確認しただけでも満足であった。

杉と欅と松の木立をぬけて、自動車がおいてある門のそばまできたとき、見送りに出てきた民介さんが、

「これが弟の墓ですよ。何年か前にようやっとつくることができましてなァ」

門のかたわらの墓石を指さしていった。

立派な黒御影石《くろみかげいし》の墓だった。

墓石には「東京美術学校卒業・戦没画学徒・伊澤洋」という堂々たる太い彫り文字が読めた。この墓碑の建立は、民介さんご夫婦がつましい生活の日々をかさねたすえに、ようやくはたした大事業だったのだろう。私たちがくることがわかっていたので供えたのであろうか、墓の前には薄紫色の野百合が二輪、木の間から吹くゆるい風にうたれてゆれていた。

ところで、このことは野見山さんには申し上げなかったが、私はお会いした伊澤民介さんご夫婦があんまり自分の養父母に似ていたのでびっくりしたものだった。民介さんの小さな丸まった背格好といい、長い農耕生活で日焼けして皺《しわ》ばんだ手の形といい、しゃべりながらちょっと上眼づかいでこっちを見つめるクセといい、まるで先年亡くなった靴職人の父親の窪島茂を見ているようだった。ことに民介さんの奥さんは、私の母親のはつにそっくりだった。姿かたちだけでなく、お茶を出すとき腰をかがめていざるようにする所作や、はにかんだような笑顔や、民介さんのそばにちょこんと寄り添ってときどき相槌《あいづち》をうつ表情なんかには、元気だった頃のはつの面影があった。

ご夫婦ともども、こんなに私の養父母に似ているというのはふしぎな巡り合わせではないだろうか。

それと、ひどいアバラ家ぶりなどといったが、木立にかこまれて傾きかけたような民介さんの古びた家にも親しみを感じた。いちめんクモの巣がはった天井の梁も、ぶんぶん飛んでる蚊も、あるくとミシミシと音をたてる黒い板の間も、私がそだった明大前の家によく似ていた（私の家はもっとせまかったが）。すわっていると、自分が半ズボン姿の小学生時代にもどったような錯覚をおぼえるほどだった。そこには、何か私を心の底からほっとさせるようななつかしい安息感があるのだった。

私は帰りの車を運転しながら、何となく無口になって、自分が幼かった遠い昔の養父母のことを思い出していた。

私は事情あって二歳のときに窪島茂、はつ夫婦のもとに貰われてきた子だったが、茂もはつもそのことはずっと私にだまっていた。自分たちがあまりに貧乏だったので、本当のことをつげれば私にすてられると思っていたらしいのだった。私は小さい時分から、そんな茂、はつのエゴイズムが憎くて憎くて仕方なかったが、それは半分は親たちが自分を高校にあげるのが精いっぱいの貧しい靴職人夫婦であったせいだと思う。成人するにつれて私たち親子のあいだには深いミゾがひろがり、やがて私は真実の親をやっきになってさがすようになった。もし養父母の二人が、戦争で家を焼かれることもなく、そこそこの経済状態の生活をおくっていたら、私たち親子はあれほどまでに不仲にはなっていなかったかもしれない。

じっさい、父親の茂がよく、

「戦争さえなけりゃ、おまえを大学まであげてやれたのに、焼夷弾一つでぜんぶがパアになってしまったんだ。何もかもがあの戦争のしわざなんだ」

そういっていたのを思い出す。

「同じ空襲をうけても、軒先一つ焦がさずに生きのびた人もいるっていうのに、この明大前界隈《かいわい》だけが狙い撃ちされたように全滅してしまったんだからな。よほどわしらは、お天道様に見放されとったんだ」

茂がいう通り、夫婦が幼い私をつれて平塚、小田原、石巻を転々としているあいだに、戦火はいよいよ激しくなり、とくに昭和二十年四月に二回おそった山の手大空襲はすさまじかった。B29から雨アラレとふりそそぐ焼夷弾で、世田谷の松原町一帯は火の海となり、そこらじゅうが草一本生えぬ焼け野原と化した。夫婦が身を粉にしてようやく築いた間口二間の靴修理店と学生下宿はあとかたもなく消え、疎開して生命だけ助かったのがせめてもの救いだった。どんなにか茂、はつが落胆し、自分たちの悲運を嘆いたかはよくわかる。

戦後まもない、私がまだ小学校の一年か二年だった頃の、明大前の家での忘れられぬ思い出がよみがえった。

ある日の夕方、私が小学校からせまいバラックの三畳間の家へ走りこんできたとき、その晩親子三人が食べるおしる粉鍋をひっくりかえしてしまったことがあった。食糧難だったあの頃は、アズキ一袋を手に入れるのも大変で、おまけに砂糖のかわりにズルチンやサッカリンという薬品甘味料をつかっていた時代だった。私はその大切な一家の食料であるズルチン入りのおしる粉を、ぜんぶ畳の上にぶちまけてしまったのだった。

「バカヤロッ、こりゃわしらの明日の分までの食いもんだぞ。ものの有難味をわかっておらんのかッ」

私は茂にこっぴどく平手打ちされて土間のすみに身をちぢめた。

すると、母親のはつが、

「仕方ないやろ、父さん。誠《せい》ちゃんかて腹へらしとるんや、こぼしたくてこぼしたんやあらへん」

泣いている私を抱きしめてくれた。

そして、こぼれている畳の上のおしる粉を両の掌ですくい、私一人の分だけを碗に入れてもってきてくれた。私はしゃくりあげながら、そのしる粉をたべた。はつのやさしさがうれしかったというより、幼い私には、自分がそんなに貧しい家に生まれてきた子だということがたまらなく哀しく感じられたのだった。はつは私がしる粉を食べ終わるまで、私のそばにじっと寄り添っていてくれた。その晩、おそらく父も母も、何も腹の中に入れずに寝床についたのだろうと思う。

考えてみると、私の幼年時代はそんなやるせない思い出の連続だった気がする。瞼《まぶた》にうかぶのは、明治大学和泉《いずみ》校舎（私の家とは甲州街道をはさんで真向かいにあった）の校門そばにゴザを敷き、小柄な茂とはつがバッタのように這いつくばって靴修理に精を出している光景だった。詰襟《つめえり》制服、角帽の若い学生の前にひざまずき、革クズまみれになって働くそんな親たちの姿を見るのは子供心にもイヤだった。どうしてこの人たちはこんな薄汚い、お金の儲からない仕事をしているのだろうと思った。私の窪島夫婦への不満は、いつまでも自分の生みの親の所在を教えてくれないことへの血の恨みもあったが、そうした養父母のもつ貧しい職業へのコンプレックスがまぜあわさった複雑なものだったともいえるだろう。

「世の中はやっぱりお金だ。お金さえあれば、親たちも自分もこんな惨めな生活をしなくてもすむんだ」

私の心には気づかぬうちにそんな人生哲学が巣喰い、それはやがて、

「どんなことがあっても、自分は金持ちになりたい。こんな貧乏から一日も早く脱出したい」

というひそかな立身出世欲へと発展していった。

しかし、こうやって五十路半ばの年齢になってみると、そんな自分の昔の貧しかった頃の思い出や、汗にまみれて働いていた養父母の姿がたまらなくなつかしく思えるのはふしぎである。さっき伊澤民介さんの家を訪ねたときがそうだった。あるくとミシミシ音のする板の間、天井から垂れさがっているクモの糸、裸電球の下に照らされた小さな卓袱台《ちゃぶだい》、火鉢の上で湯気をたてているアルミの薬缶《やかん》、手垢で黒ずんで光っている床柱、まさしくあそこには、幼い頃の私が慣れ親しんだあたたかい記憶の中の風景があった。父がいて母がいて自分のいる当たりまえの風景があった。あれほど忌み嫌っていたはずの貧しく古びた明大前のバラック借家が、五十余年経ってこんなにもなつかしく思われるのはなぜなのだろう。

私はふと、せめて窪島茂も伊澤民介さんのような趣味人であったらずいぶん人生が変わったものになったろうにと思った。父の茂は平成元年に八十七歳で他界するまで、

俳句やお茶をたしなまれる民介さんとはちがって、ただ働くことしか知らなかった不器用人間だった。たまに土間の簀《す》の子《こ》の上にすわって、好きな浪花《なにわ》ブシをうなったり講談を語ったりすることがあったが、あとは酒も煙草もやらずに寝床に入ってしまう無趣味人だった。母のはつも典型的な働き者の明治女で、ガンコ職人の茂にいつも叱られていた（そのはつも昭和六十年に八十二歳で死んだ）。同じつましい生活といっても、伊澤家と窪島家では内容がずいぶんちがうのだった。おまけに頼りにしていた一人っ子の私は、物心つく頃から親に背をむけるヒネクレっ子にそだち、やがて実父である作家水上勉氏と戦後三十数年ぶりの劇的な再会をはたして、当時のマスコミをにぎわすにいたるのである。

私はあらためて、自分の養父母の戦後の人生は何とさみしかったのだろうと思った。

6

二番めの訪問先は茨城県新治《にいはり》郡八郷《やさと》町（現・石岡市）山崎――東京美術学校を昭和

十七年九月に繰り上げ卒業して水戸連隊に入営し、終戦の年の十二月に結核によって二十七歳で亡くなった高橋助幹《すけもと》さんのご遺族宅だった。といっても、もちろんご両親はすでにこの世にはなく、八郷町の家というのは助幹さんの一番上のお姉さんの静江さんがご子息夫妻とともに暮されているところである。

高橋助幹さんは野見山さんより一年先輩で、美校在学中はよく野見山さんのほうから椎名町の下宿に遊びにいった仲だという。冬の夜長、二人して火鉢をかこんで暁《あ》け方まで絵の話をしたこともあった。高橋さんは当時から並外れた読書家で、むつかしいカントの理論からロダンの造形についてまで、後輩の野見山さんにいろんなことを教えてくれたそうだ。高橋さんのそうした勤勉さと向学心には、お父さんが茨城県の無医村でながく開業されていたお医者さんで、浄土真宗に帰依した熱心な信仰家であったことも少なからず影響していたかもしれない。助幹さんのすぐ上のお兄さんは、やはり僻地《へきち》のハンセン病治療院の勤務医の道にすすんだ篤志の人だった。

じつをいうと、私は今回の旅で高橋助幹さんのお姉さんを訪ねる前に、日頃から親しくさせていただいている創画会所属の日本画家毛利《もうり》武彦《たけひこ》先生から少し高橋さんのことをうかがって知っていた。毛利先生は東美では高橋さんと同級生だったそうで、忘れられないたくさんの思い出をもたれているという。

高橋さんと同じ昭和十七年に卒業して兵役に服し、代々木練兵場、仙台飛行学校をへて台湾の戦線に参加、昭和二十一年に復員された毛利先生には、もう一人東美時代に無二の親友だった太田章《あきら》という画学生がいて、その太田章さんも二十三歳で戦死していた（その太田さん宅も、私たちが何日後かには訪ねなければならない先であった）。幽玄美にあふれた桜の木や、雄渾な滝の流れを描かせては天下一品といわれる毛利武彦先生の芸術の根もとには、このかけがえのない二人の親友の戦死への哀惜の念があったといってもいいだろう。

「助幹さんはデッサンのとてもうまい学生でねぇ。それに、とにかく勉強家だった。ぼくたちの知らない西欧の画家のことまでよく知っていて、本もたくさん読んでいた。とくに短歌が好きだった。ぼくの仕事場には今でも高橋さんからもらった扇面の、ゴッホについてうたった自作の短歌がかざってあるんだけど、いつもそれをみると励まされる気がするんですよ」

高橋助幹さんの話をするときの毛利さんの眼は、野見山さんと同じように少し遠くを見ているような眼だった。

助幹さんのゴッホをうたった短歌というのはこんな歌である。

ゴッホの死

オーベルの
丘に萌えたる夏草に
命殺さぬ
吾がいのちはや

吾が命
いのち死にゆく
寂しさに
鳥の巣獲たる
わかき日思ほゆ

病床や
己れ絵描きに
麦秋に
騒立つ群鴉の

声の鋭き

毛利先生は制作に疲れたとき、何となくこの歌に眼をやって心の静寂を得るそうだ。そして、新たな気力をかきたて創作の意欲をもやす。敬愛するゴッホの死に、戦争下の自らの宿命をかさねあわせてうたった若き日の高橋さんのこの三首は、毛利先生にとっては、同時期を戦地ですごした自分自身の青春への鎮魂をも意味する。それはまた、今日一日「絵を描くこと」にうちこめる画家としての歓《よろこ》びと、その緊張を喚起させてくれる大切なエネルギーともなるのである。

「戦地から帰ってきたときは、ああ、これでまた絵を描けるというそうれしさで胸がいっぱいになりましたねぇ。生きて帰ってこれたということより、絵を描けるという歓びのほうが大きかった。高橋さんはせっかく生還したのに、もともと身体が丈夫なほうじゃなかったので、結核にかかってしまってねぇ……やはり軍隊での無理が生命をちぢめたのでしょうね。ほんとに残念なことをしました」

たしかに、毛利先生たち当時の画学生にとって、生きるということはそのまま「描くこと」と同等のものであったのだろう。そんな将来性ある若い才能を、あの狂気の時代は根こそぎ草でもむしるように奪い去ってしまったのだ。ゴッホの死はゴッホの芸術の完結と理解することができても、好むと好まざるとにかかわらず死地に赴かなければならなかった、名もない画学生の運命の無惨は何と説明すればいいのだろう。

助幹さんの姉君の粟野静江さんは今年八十四歳、多少足をわるくされているもののまだまだお元気で、私と野見山さんがおじゃましたときはお宅に一人でおられた。ご子息夫妻はお仕事で不在だったが、たいていは静江さんがそうやって留守番されているとのことだった。

「せっかくおこしいただいたのに、助幹の絵はこれ二つしか私の手もとにはないんですよ」

静江さんは申し訳なさそうな顔をして、

「お気に入ったら、今日、お持ちになってもけっこうなんです」

かたわらの障子《しょうじ》に立てかけてある二点の風景画をしめした。二点とも深いブルーと茶褐色とをつかった六号大ほどの油絵である。生前の助幹さんの読書家ぶりをおききしているせいか、その暗い画面はどこか哲学的な、思索的な趣きをしめしているようにもみえる。ことにブルーの色彩は、五十年の歳月を感じさせないようなツヤツヤした発色を呈していた。重くふかぶかと垂れさがった樹木の葉、太い幹、やはりこれは助幹さんの生家のあるこの八郷町近辺の風景を描いたものであろうか。

「先年、助幹の妻の百枝も亡くなりました。そこにも何点かの絵があったはずなのですが、はっきりいたしません」

静江さんはいって、

「でも、……御殿場《ごてんば》に住む義妹の徳子の家には小さな板の絵が一つのこっていると聞いています。できましたら、それもそちらにお預けしたほうがいいんじゃないかと義妹とも電話で話していたところなんです」

そうつけ加えた。

「もう私たちは長くはない歳ですからねぇ、あと何年、助幹の絵を守ってゆけるやら知れません。……今度のクボシマさんの美術館のことを知って、じつのところホッとしているんです。ようやくこれで安心して死ねるって……」

「いやいや、そんなことをおっしゃって。でも、ありがたいことです。そういっていただくとこうやってお訪ねした甲斐があります」

私のよこで野見山さんも恐縮されていた。

亡くなった百枝さんというのは、たしか助幹さんが学生時代に恋して結婚していた女性だった。助幹さんは戦地から帰ってきたあと、病弱の身体を父の診療所で治療していたが、その失意の日々を励ましたのが生家からとどく百枝さんの手紙だった。日記には「毎日、百枝のことを考える。赤ん坊のことも」とか「百枝より手紙くる、嬉しかった」とかいう文章がくりかえされていた。助幹さんはその当時、すでに自分の死をどこかで予期していたのだろうと思う。

御殿場にいる義妹の高橋徳子さんというのは、岡山県長島の邑久光明園《おくこうみようえん》というハンセン病院で医師をされていた助幹さんの上のお兄さんの奥さんである。そこにも高橋助幹さんの絵があるというのはうれしい話だった。御殿場なら、日をあらためておうかがいすることができる近距離である。それに、岡山から東京東村山のハンセン病院へと、終生僻地の病院ばかりを転々とされていたという助幹さんのお兄さんのことも徳子さんからいろいろおききしてみたかった。

「一ど東京へ帰ってから、あらためて御殿場の徳子さんのところへおうかがいしようと思います。お姉さんからもその旨ご連絡しておいて下さい」

おゆるしの出た油絵の二点を新聞紙と薄布でていねいにくるみながら、私は栗野静江さんにそうお頼みした。

東京をでるときから空が泣き出しそうだったのだが、帰途につく頃には小雨になっていた。私たちの自動車は八郷町の山あいの集落から東北道のインターチェンジにむかってゆっくりと走った。

車中、野見山さんは、

「ううむ、このあいだの伊澤さんの家にしても、今回の助幹さんの家にしても、何となく二十年前にNHKの人たちと訪ねたときとはふんいきがちがうなァ」

さかんにそういわれる。

「どうちがうんですか?」

「それがねぇ、うまくいえないんだけどねぇ。以前に訪問したときには、何かもっとぼくの胸に熱いものがこみあげてきたんだけど、今回の旅にはそれがないんだ。いや、同じ感激があっても種類がちがうというべきかもしれない。やっぱり戦後三十年と五十年の違いは大きいんだなァ……ぼくだけでなく、ご遺族のほうにもそんな感じがあると思うんだ。つまり何ていうか、今ではどのご遺族にも戦争の感傷などなくて、もっと突きぬけた明るさのようなものがある」

「といいますと……」

「五十年たって、どのご遺族もようやく自分たちの生活のことを考えて生きられるようになったんじゃないのかな。以前は、お兄さんや弟さんを戦争でうしなった哀しみに耐えて生きている感じがしたんだけど、今はそれがない、どの家族にも明るい希望のようなものがみなぎっている。それは、ぼくにとって大きな変化だなァ」
野見山さんはそんないいかたをされた。
四、五日後、東京三鷹の伊勢朝次《あさつぐ》さんのお宅を訪問したときにも野見山さんのその感想は変わらないようだった。
伊勢朝次さんは、昭和十五年に東美を卒業し十八年に中国河南省新郷に出征した伊勢正三《しょうぞう》さんのお兄さんである。正三さんは出征後、鄭州、許昌、信陽、漢口、武昌と転戦して、翌十九年十月に湖南省の野戦病院で戦病死された。享年三十歳。正三さんとは八つちがいの朝次さんは、そろそろ九十歳になられる年回りだが、まだまだお元気なようすで、私たちの訪問を自宅前の小路まで出て迎えてくれた。三鷹駅の北口からバスで十分ほど、まだ周辺には武蔵野の面影がのこっている閑静な住宅地の一かくに、伊勢さんの家は建っていた。

代々伊勢家は日本陶器の創始者という家柄で、戦前は人もうらやむ富裕な暮しだった。十五間幅、百間にもなる広大な敷地には百坪以上もある邸宅が建ち、その南はじが美校に入学した正三さんのアトリエになっていた。それがご多分にもれず、一家して芦屋に疎開しているあいだに空襲で焼け出され、戦後はその一部にひっそりと小さな家作を建てて暮すようになった。現在のお住まいは、朝次さんご夫婦、それに妹さんご夫婦と娘さんたちの三世帯住宅である。質素なつくりの玄関を入った突き当たりの部屋で私たちはお茶をよばれたが、その玄関のよこにもう一つ別棟に通じる木戸があり、そっちが妹さん家族の家になっていた。

「もう、あれから二十年近くもすぎたんですからなァ……まったく月日のたつのは早いもンです」

耳に象牙《ぞうげ》色の補聴器を差しこんだ朝次さんは、野見山さんにそうあいさつされて、

「先生におほめいただいた正三の数寄屋橋《すきやばし》の絵は、この通りだいじに飾ってありますよ」

二階にあがる階段のあがりかまちに掛けてある白い額縁《がくぶち》の絵を指さした。

なるほど、それは『祈りの画集』の中で野見山さんが紹介されていた伊勢正三さんの数寄屋橋を描いた作品だった。野見山さんの文章では「伊勢さんは出征する前の日も、それまで描き続けていた数寄屋橋を描きにいっていたそうだ」としるされていたが、想像していたよりずっと静かで落ち着いた感じのするルソー調の写生画である。青と薄茶のコントラストを効かした画肌に、黒い輪郭線にふちどられたベージュ色の橋脚ががっしりと描きこまれ、その影が川面《かわも》に仄《ほの》かにうつっている。いかにも戦前の

モダンな都市風景の香りをかもしだしている絵だ。野見山さんのいわれる通り、正三さんはアトリエでモデルを描いているより、戸外で写生するほうが何倍も好きだったようで、なかでも数寄屋橋界隈の風景はよほど気に入ったモチイフだったようなのである。

それにしても、戦没画学生の絵というのは、どうしてこうも孤独と静けさにつつまれた絵が多いのであろうか。それは、そういう先入観でみるこちら側の眼差しのほうに要因があるのであろうか。伊勢さんの絵にしても、描かれているのは喧騒にみちた都会の繁華街であるはずなのに、そこにはまるで時間が停止したような黙示的な静けさがただよっている。不穏な時代のながれの中に、あたかもそこだけ切りとられたようにおだやかな静寂《しじま》にみちた世界がひろがっている。

正三さんの絵はもう一つ、別棟の玄関のほうに富士山を描いた十号大の油彩画が飾られていた。松林のあるのどかな田園風景のむこうに、ちょっと浮世絵の北斎でも思わせるような富士の峰がそびえている。数寄屋橋の絵とはちがって、こっちのほうのは黄土色と乳白色とがいりまじった明るい色調の作品で、富士の背後の白い雲のたなびきが印象的だった。朝次さんの記憶では、たしかこの絵は正三さんが入学してまもなく画学生仲間と駿河《するが》地方を旅行したときの作品だったという。人影も何もない平坦な畑道が、やはりしんとした静けさのただよう画面の中にえがかれていた。

「正三さんはよほど風景が好きだったみたいだねぇ、風景を描くのが好きで好きでたまらないといったふんいきがでているよ」

野見山さんがもう一どそういうと、

「私ら素人には専門的なことはわかりませんが、とにかく正三にはもっともっと好きな絵を描かせてやりたかったと思います」

そばで朝次さんの奥さんもこっくりうなずいた。

「家が焼けなかった戦前は、敷地がたいそう広かったので、正三は庭のあちこちにイーゼルをたてて絵を描いていました。あの頃から、アトリエでモデルを描くより景色や花を描くほうが得意だったようです」

あの頃はまだうちも裕福でしたから、正三にはフランス製の上等な絵具を買いあたえていましてねぇ、しかしだんだん世の中が物不足になってきて、その絵具も手に入らなくなって、家族じゅうで手わけして買い漁りに走り回ったものでした。……それから、私の家では貿易をやっていた商売柄、あの当時はまだ珍しかった外国人ともいろいろ付き合いがあったもんで、ふつうでは手に入らないヨーロッパの画集なんかをそろえることができましてねぇ、家の教育も、どちらかというと自由でのびのびとした西欧の教育に近かったと思います。その点でも正三はずいぶん幸せだったと思うんですよ。朝次さんは遠い記憶の糸をときほぐすようにぽつりぽつりとそう語られた。

私にわかることは、あの暗い非常下にも、伊勢家のように経済的に恵まれ何不自由なく暮していた幸福な家族がいたことであり、そうした家族にも同等に「戦争」というものが影を落としていたというじじつだった。何一つ不幸な兆しのない家庭であっただけに、よけいかれらをおそった「戦争」というものが非情で冷酷な仕打ちのように思えてくる。いや、そのようなゆったりとした時間のながれる家庭であったからこそ、なおさらその時間を容赦なく遮断した「戦争」の不条理さを感じるのだ。それにつけても、そうやって無惨に断ち切られた時間の切り口を、何と伊勢家の人びとは明るく、楽しかったピクニックの思い出でもふりかえるように話すことだろう。

話をうかがっているうちに、いつのまにか日が暮れかかっていた。私たちは、現在準備中の戦没画学生慰霊美術館「無言館」が晴れて完成したあかつきには、かならずこの二つの伊勢正三さんの絵を委託していただけるという約束を交わして伊勢家をあとにすることにした。小さな館だから一人の画学生の遺作が二、三点もあればじゅうぶんである。それに、三鷹は近いので何回だって訪れることができる。いつだって集荷することは可能だ。私たちは玄関でご家族にあいさつして車にのったが、車が小路

の角をまがりきるまで、伊勢さんご夫婦は家の前にならんで手をふってくださってい
た。しかし、なぜか野見山さんはさっきからだまったままだった。

三鷹から野見山さんの家は比較的近いので、帰りは環状八号を通って谷原《やわら》の交叉点
を石神井《しゃくじい》のほうにまがった。

何どめかの渋滞にまきこまれたとき、ようやく野見山さんは、

「何だか、疲れるねぇ。こういうのは……」

ぽつりとそういわれた。

何が、お疲れになられるんですか？　車の渋滞がですか？　と私はいいかけて言葉をのんだ。私にも、野見山さんが「疲れる」といわれた理由がぼんやりとわかるような気持ちがしたからだった。そうだ、野見山さんの場合は自分とはまるっきりちがう。訪れる先はすべて、先生が東美時代に画架をならべて絵を学んでいた仲間たちなのだ。その仲間はもうこの世にいない。

そして、先生は今ここにこうして生きている。

7

何どもいうようだけれど、野見山暁治さんは昭和十三年に東京美術学校に入学し、昭和十八年繰り上げ卒業、現役兵として歩兵第一一三連隊補充隊に入隊し、その後歩兵第二四連隊に編入、同年十一月満州牡丹江省に出征されている。そして、翌十二月に肋膜に水がたまり、東寧《とうねい》第一陸軍病院に入院、翌年二月に内地送還されるのである。ありていにいえば、戦地に同級生、先輩後輩をのこしての幸運な復員だった。そういう自らのこしかたの根にある「慚愧《ざんき》に耐えない」思いが、戦後の画家野見山暁治の精神風土に大きな影をおとすことになったという経緯は前にものべた。生誕地筑豊《ちくほう》の炭鉱風景や、パリで出会った女性たちの艶姿、消えてゆく過去をたぐりよせるような儚《はかな》げな色彩のかさなり、そして繭《まゆ》でもつむぐような微妙な描線でえがかれた抽象デッサン、野見山先生の画業のどの部分をとっても、そこには先生が胸奥にそっとひめてきた心のいい疼きのようなものが感じられる。生意気をいっては叱られるかもしれないが、私には野見山暁治という画家はそんな心やさしいザンゲの画家のように思われるのである。

野見山さんはいつか、こんなふうに私にいわれたことがある。

「身体《からだ》をわるくして日本に帰ることになったとき、仲間がぼくをとっても羨《うらや》ましがってねぇ、ノミヤマは病気になってウマイことをしたというんだ。そりゃ、生きて帰って一日も早く絵を描きたかったかれらにしてみたら当然の気持ちだったろう。……今でもぼくは、あの日本へ帰る夜の汽車の窓からみたソ連国境の小さな灯を忘れられない。あれは、ぼくが戦地に置き去りにしてきた仲間たちの生命の灯りのように思えてならないんだ……」

その言葉は私の心に矢を射たようにつきささった。

凍《い》てついたソ連領の冬空にまたたく無数の星、遠去かる家々の灯がうかんだ。私にとっては想像するしかない異土の風景だけれども、若き画家野見山暁治が（当時先生は二十二歳）、その五十年前の記憶の底に沈んでいる風景を今も忘れることができないでいるという心情はわかるのである。そのときの野見山さんは、いま自分だけは祖国にもどれるという安堵《あんど》と歓喜と、同時に、のこしてゆく同級生や先輩後輩たちへの何ともいえない後ろめたさに身をこごめていたことだろう。その忸怩《じくじ》たる思いが、のちの野見山さんの胸底に救いのない孤独な澱《おり》をのこしたとしてもちっともふしぎなことではない。

私はふと、野見山さんが思わずもらされた「何だか、疲れるねぇ」といった言葉は、そういう体験と決して無関係でないところから発せられたものではないかとも思った。野見山さんは私といっしょに亡くなった同級生のご遺族の家を訪ねるうちに、そうやって五十年間ご自分が抱きつづけてきたある重い感傷と、実際のご遺族の今日の姿とのあいだに埋めようのないギャップを感じられたのではなかろうか。どこかがちがう、何かがちがう。野見山さんをおそっているいいしれぬ疲労や脱力感は、そうした五十年前のひそやかな記憶と、白日のもとに照らされた五十年後の現実とのあいだの何ともいえないへだたりが原因しているのではなかろうか。

読んだ人も多いだろうけど、野見山さんは有名なエッセイ集『四百字のデッサン』(先生はこれで第二十六回日本エッセイスト・クラブ賞を受賞されている)の中で次のような告白をされている。

日本の軍隊が次々に敗けている最中、私は合法的に内地へ舞い戻ったのだ。国運とは逆に私の病状は回復し、八月に終戦を迎えてから一ケ月たったころ、退院。

誰の目にもそれは、戦いに疲れて日本へ引き揚げてくる兵士たちの一人に見えた。日本を統治したマッカーサーは、傷痍《しょうい》軍人制度を廃止するために、一時金として私にも大量の金をくれた。親父は世間に恥じて、このことは誰にもいうなと忠告した。私の履歴はこれらの事実をすべて隠している。

戦争も終わりに近づいて、ほとんどの日本人がひどい労働をしいられているさなか、私は何もしなくていいという、妙な環境にひたっていた。二十四歳の若さで、いたって健康でありながら、どういうわけだか傷痍軍人というカクレミノの陰にひそんで、大っぴらに遊びほうけていたのだ。

満州で重苦しく溜まっていた肋膜の水は、大阪の陸軍病院で尿と一緒にみんな出てしまった。久留米《くるめ》の陸軍病院では肥ってきて、もう病人ではなくなっていた。それでも全治までにまだ時間がかかるのか、海の近くの傷痍軍人療養所で、とどのつまり、私は何の屈託もない日々を過ごすことになった。

これは数ある戦中告白の中でも群をぬいて心うつ告白だと思う。野見山さんは内地送還されたあと、大阪陸軍病院に入院、その後郷里にほど近い久留米陸軍病院に転送され、昭和二十年八月十五日の終戦は傷疾軍人福岡療養所のベッドでむかえている。病いが快方にむかえばむかうほど、戦争によって多大な犠牲を強いられた人びとに対してつのる罪悪感、自己嫌悪。さながらこれは、療養所生活の中で野見山さんが自歴の陰にかくされた自己欺瞞《ぎまん》を自らの手であばいた告白であるともいえるだろう。

たしかに、こうやって全国のご遺族をめぐってみて、つくづく思うのは、戦後の五十年という歳月の長さである。当たり前のことだが、どの画学生の遺族にも五十年という時のながれがあった。そこには「戦争」という記憶にいつまでもとどまってはいられない性急な社会の変化や、個々の生活の変化があった。人びとは必死に戦後の混乱を生きぬき、自分自身の復興につとめなければならなかった。空襲で焼けた家を建て直し、のこされた子をそだて、貯蓄にはげみ、人並みの平穏な暮しをもとめるためにけんめいに汗をながした。過去の感傷や遺恨にひたっているヒマなどなかった。そして、気づいてみたときには、あの残酷で悲惨だった「戦争」の傷アトははるか遠い小さな島影のような存在となっていたのである。

野見山さんは、かつて自分が犯した戦争逃避の罪をずっと気にかけてきた画家だった。そのことをいつも頭のどこかにおいたまま戦後の日々をおくってきた。それが、今や世の中はすっかり物わかりのいい、だれの罪をも咎《とが》めぬひどく寛容な人びとの時代に変わってしまったのだ。罪を許されたわけでもなく、許されなかったわけでもない宙ぶらりんなヌルマ湯気分、これはいったいどういうことなのだろう。今となっては、戦後五十年ずっと自分を責めさいなんできたその意識は、増殖するわけでも退化するわけでもないガン細胞のようなかたまりとなって、今の野見山さんをひどくユウウツにさせているのではなかろうか。

先生の告白の重みとくらべたら、私の自己批判は紙のように薄っぺらだけれども、私にも先生と同じような憂鬱な思いが生じていることはじじつだった。

先生には戦地に画友を置き去りにして、自分だけが戦後を生きのびたという負い目、のような感慨があるのであろうが、私の場合はその「戦後」すらをちゃんと自覚せずに生きてきたという負い目がある。先生が負い目と憂鬱をかかえて生きてきた五十年にもおよぶあいだ、私は物やカネをもとめることに追いまくられ、一どとして自分の歩いてきた道を正面から意識したり回顧したりすることなどなかった。「戦争」はいつも両親の肩ごしにあって、じかに私がむきあうことのない遠い出来ごとにすぎなかった。「戦争」喪失という点においては、私のほうが先生よりはるかに重症患者だったろう。

だから、本心をいうと、私にとっても今度の全国のご遺族めぐりの旅は相当しんどい仕事なのだった。ただ単に画学生の遺作や遺品をお預かりしてくるだけならかんたんなのだ。でも、長い戦後の歳月をずっとその作品とともにすごしてきた遺族にしてみたら、そんなにかんたんに片付く話ではない。絵を奪われる前に、きいてもらいたいことや知ってもらいたいことが山ほどある。その結果、私は否応なく自分がなおざりにしてきた「戦争」というものにあらためてむかいあわされるのだ。ああ、自分はそのことも知らなかった、そんなことさえ知らなかった、の連続なのである。

思わず「絵を奪われる」という言葉をつかってしまったけれど、私の憂鬱な気分の一端にはたしかにそれもあった。一軒一軒、列車にのり飛行機にのって戦没画学生のご遺族を訪ね、大事にされていた絵をお預かりしてくる作業は、何だか自分をひどく不当な掠奪者《りゃくだつ》のような気持ちにさせるのだった。いったい自分という人間にこんなことをする権利、資格があるのだろうか。戦争の何たるかも知らず、苦労をかけた養父母に親孝行一つするわけでなく、ただただ戦後繁栄の享楽にどっぷり首までつかって生きてきた五十路の中年男が、野見山さんにさそわれて付け焼刃のように遺作収集を開始しただけの話なのだ。そんな自分に、ご遺族のもとからむりやりカサブタをはがすようにかれらの絵を奪ってくる資格があるのだろうか。どの家をお訪ねしても、私の心の中にはそんな重苦しい気分がただようのである。

画家野見山暁治は出征した満州から引き揚げてくるとき、夜汽車の窓からみたソ連国境の街の灯を今も忘れられないという。私もあの昭和二十年の夏、養父母とともに仙台、石巻間をはしる仙石《せんせき》線の窓からみた真ッ赤な仙台の夜空を忘れることができない。

「子どもがいますッ、ここに子どもがいますッ、子どもがつぶれますッ」

避難する人や買い出しの人でスシづめになった車内で、私をオヒツ（米飯を入れる木製のヒツ）に入れて背負った両親の必死に叫ぶ声が耳の底にのこっている。オヒツに小さな尻を入れた私は、泣きながら母親の肩につかまっていた。幼い眼にうつった空襲下の仙台市は、白く光る無数のビニール紐を空からたらしたみたいな焼夷弾の雨の中にあった。時折そのビニール紐のあいだにピカリとするどい閃光がはしり、瓦屋《かわら》根の街衢《がいく》を真昼のようにうかびあがらせた。もちろん歳ゆかぬ私には戦争というものの怖ろしさがわかっていたわけではない。ただ私は母親の背にしがみつき（オヒツを背負っていたのは父茂のはずなのに私の手はなぜか母はつの肩にのっていた）、車内の人々の頭ごしにみえる仙台の夜の惨状を見つめていた。

今でもはっきり記憶にあるのは、

「子どもがいますッ」

と叫んでいるはつの手が、私の着物（たしか寝巻のようなものを着せられていた）の兵児《へこ》帯《おび》をぎゅっときつくにぎりしめていた感触だ。仙石線が塩釜とか松島とかに着くたびに空襲警報のサイレンが鳴って、列車はずいぶん長くホームに停車していたが、そのあいだも母のはつは私の着物の帯をずっとはなさなかった。

そして――同じその年、終戦になって親子して東京世田谷の明大前にもどってきたときの光景も忘れられない。

草一本生えていないとはああいうけしきをいうのだろう。帝都井《い》の頭《がしら》線の東松原から明大前にかけての一帯は、まるでいちめん土砂と廃材をぶちまけたような広大な空地に変貌していた。そこには道路と宅地の区別すらなく、辛うじて焼けただれた井戸のポンプやアメのようにねじくれた朱い鉄杭が地上から顔を出しているだけだった。当時進駐軍の外信部が占領していたという明治大学和泉校舎だけが、灼けつくような夏の日差しの下にベージュ色のモルタルの肌を光らせていた。その前にのびた甲州街道もたった幅二、三メートルの荒れはてた砂利道だった。仙台空襲のあった何日かあと、松原町一帯もB29の集中爆撃をあびて一夜のうちにそんなふうに焼け野原になったのだった。

今でも鮮明におぼえているが、そうやって焼け跡にぼんやりたたずんでいる私たちの眼の前に、自転車の荷台に青い木箱をくくりつけたアイスキャンデー屋が通りかかった。

「キャンデー、キャンデー」

キャンデー屋のおやじは私たちにむかって売り声を一オクターブ高くした。

私が羨ましそうに幼い眼をそっちへやっていると、

「キャンデー屋さん、一本おくれ」

父が上等なアズキ入りのを一本買ってくれた。

私は道ばたにしゃがんで冷たくて甘いキャンデーをなめた。暑さに乾いた喉にキャンデーの甘水がとろけて、その美味しさはこの世のものではないように思われた。割り箸棒に凍りついたアズキ色の氷菓子は、夏の陽をあびて宝石のように美しく光った。が、あんまり夢中でなめていたので、とけたキャンデーの半分がぽろりと足もとに落ちてしまった。宝物のようなキャンデーが焼け跡の朱い土にまみれて転がった。私は火のついたように泣きだした。

と、それをすぐさま拾いあげて土を払い、一ど自分の口にしゃぶってから私の手にもどしてくれたのは母だった。

「よしよし、泣くことあらへんで、母ちゃんがキャンデーのバイ菌さんとってあげたさかいにな……」

はつの口にふくまれたキャンデーはさっきよりもっと甘くて美味しかった。私は泣きやんで母の顔をみた。なぜだかわからぬが、そのとき母は少し涙ぐんでいたようだった。色の白い、眼の下に小さなホクロが一つある母の眼に涙がうかんでいた。私はそのはつの泣き顔をみながらアイスキャンデーをなめていた。

人はどういうか知らないけれど、私にとってはあのときの母のはつの涙は野見山さんが見たソ連国境の街の灯に似ていたと思う。何だか私は、あの明大前の焼け跡でながした母の涙を、あれきりそこに置いてけぼりにして今まで生きてきたように思えて仕方ないのだ。仙台空襲の夜、父が背負ったオヒツにのって、母の細い手でしっかりと兵児帯をにぎりしめられていたときのあの感触もそうだった。どんなことがあってもこの子をはなすまい、私たちは戦争になど負けはしないといった若い母の手の感触。私はいつのまにかああいう思い出を、ああいう時間をどこかにすっかり置き忘れて生きてきた気がする。

あのとき父の茂や母のはつは絶望のどん底にあったにちがいない。何しろ疎開先の石巻から帰ってきたら、頼みの綱の明大前の家は丸焼けになっていたのだ。ツメに灯をともす思いで建てた間口二間の靴屋の店舗（二階が学生相手の下宿になっていた）は影もかたちもなくなっていた。あたりいちめん焦土と化した松原町の焼け野原に立って、どんなにか茂とはつは悲嘆にくれたことだろう。あのとき私に買ってくれたアズキ色のアイスキャンデーは、そんな夫婦の唯一の希望の灯りだった貰い子の私にあたえてくれたキャンデーなのだった。はつは自分たち夫婦の暗然たる将来に、眼の前でキャンデーをしゃぶっている無邪気なわが子の姿をかさねて泣いたのにちがいなかった。

人はいうかもしれない。何もそういう思い出を忘れたからといって、そんなに自分を責めることはないだろうと。人間は記憶すると同時に忘却する生きものなのだ。ときとして記憶することよりも忘却することのほうがはるかに生きる活力を産むものだ。物心つく頃から貧困とたたかい、我を忘れて生活向上をめざしてきた私のような成り上り者が、暗く悲しかった戦争中の思い出を根雪の底に沈ませるのは当然のことなのだ。人間はだれだって、不幸せな思い出よりも幸福な明日を夢みるものなのだから。

それに、私は自分のそういった体験をすべて「戦争」がもたらしたものと考えているが、ある面でこれは、私自身の今は亡き養父母に対する単なる贖罪《しょくざい》の感情であるともいえるだろう。あの戦中戦後の混乱の中で、ありったけの慈愛をそそいで私をそだてくれた茂やはつを、私は今頃になって慕っているのだ。今さらとりかえしのつかない、生前の両親に対する自分の親不孝を悔やんでいるのだ。親孝行したいときには親はなしとか、墓にかけるふとんはないとかいうが、私の場合もその典型なのではなかろうか。

そういわれれば、たしかに、

〈遠去かる国境の街の灯が戦地にのこされた画友たちの生命の灯にみえた……〉

という野見山先生の戦地体験と、私が戦時中苦労かけた養父母の辛酸《しんさん》によせる思いをいっしょくたにしてはいけないだろう。先生の満州での体験は「戦争」そのものと対峙した人間だけがもつ感慨であり感傷なのである。私の個人的な、年甲斐もないノスタルジイとはわけがちがう。

しかし、と私は思う。

私にとって記憶の底にねむっているそうしたいくつかの義父母との思い出は、私がたどった「戦後」の出発点でもあったのではなかろうか。あの昭和三十年代末の高度成長下、いくつもの職を転々としたのち小さな水商売が当たって何とか自立し、ようやく人並みの生活が送れるようになった私。今こうやって生きているのは、すべてあの頃の義父母の愛があってのことだったのではなかろうか。だいいち、私は茂やはつの慈《いつく》しみがなければ生きてこれなかった貰い子なのだった。茂やはつがいなければ、私はあの戦争でどうなっていたかわからないのだ。

8

北九州市小倉。

ここには昭和十九年長崎県大村市の海軍航空廠で戦死した佐久間修《おさむ》さんの未亡人、静子《しずこ》さんが暮している。佐久間修さんは昭和十四年に東美の油画科を卒業、当時熊本県立宇土《うど》中学の図画教師をしていたが、勤労動員令によって生徒を引率中、B29の空襲をうけて二十九歳で戦死した。のこされた静子さんは戦後、熊本県上益城《かみましき》郡御船町にある夫の生家とは没交渉となり、今は二人息子のうちのご長男紘一《こういち》さんが住まわれている家の近くの小倉北区のマンションで一人暮しされているのである。

七月末の燃えあがるように暑い日、私は朝早く上田の美術館を出て、名古屋回りで博多までできて野見山さんと待ち合わせた。野見山さんは夏のあいだは東京をはなれ、生まれ故郷である福岡市郊外の唐津《からつ》湾にめんした糸島郡志摩町（現・糸島市）のアトリエでお仕事をされている。ことに来年は東京で二つも大きな展覧会をひかえているのでいそがしい。それで今回は、私が信州から出てきて博多駅でおちあい、いっしょに佐久間静子さん宅を訪ねることになったのであった。

「佐久間さんは学校を出てすぐに結婚した人でねぇ、二十年前に訪ねたとき、奥さんはとってもキレイな人だった記憶があるなァ」

と野見山さんはいう。

「でも、戦後は二人のお子さんをかかえてずいぶん苦労したようだ。今では、佐久間さんの実家ともあんまり交流していないようだしね」

佐久間さんとかぎらず、そういう例は多いのであろう。学校を出てすぐ結婚した二人は何しろ若い。戦争はその二人の幸福な生活を無残に破壊する。破壊されたあと、のこされた妻子の孤独がつづくことになる。結婚していればこそ「息子の嫁」扱いしていた夫の親族だって、息子が死んでしまえばその嫁は「他家の人」なのだ。佐久間さんの場合がそれに当てはまるかどうかわからないけれど、静子さん母子が戦後五十年、人にいえぬイバラの道をあるいたであろうことは容易に想像がつく。

「佐久間さんが在籍していた頃の東美にはなかなか優秀なのがいてねぇ、彫刻やっている佐藤忠良《ただよし》さんや舟越保武《やすたけ》さんなんかとも同期のはずだったなァ。……佐久間さんは戦争にひっぱられるのを怖れて、徴兵検査のときには醬油《しょうゆ》をいっぱい飲んで身体をいためつけたりして兵役を免れていたんだが、でもけっきょく内地で生命をおとしちゃったんだ」

そういうケースも佐久間修にかぎらないという。あの頃、あらゆる手をつくして召集を免れようとした者は多かった。戦争そのものに疑問をもったり、国の命令に無条件に従うことを諾《だく》としなかった者もいるが、大半は戦争による死を何となく無為な死と予感していたからであったろう。佐久間のように絵を描きたい、絵描きになりたいという志をもった若者はなおさらだった。何とか兵役を回避する法はないかと知恵をしぼり、醬油を大量にのんでわざと下痢したり、軍医に持病を大げさに申告したりしたものだった。しかし、それにもかかわらず、佐久間のようにまるで狙い撃ちにでもあったように内地で被弾して死んでしまう不運なケースもあった。

「佐久間さんがひっぱられた勤労動員では、教え子の生徒もずいぶん犠牲になったみたいですね」

私がいうと、

「そうだなァ、くわしくは知らないけど、佐久間さんといっしょに亡くなった若い人もたくさんいたらしい」

「ぼくは宇土の中学校には、野田英夫という絵描きのことで一ど行ったことがあるんですよ」

「そうか。そういえば、キミの好きな野田英夫は熊本だったね」

よくわからないけれども、勤労動員令というのは学徒動員令の勤労者版のようなものだったのだろう。佐久間修が戦死した昭和十九年十月頃になると、いよいよ戦争は長期戦の様相を呈しはじめ、やみくもに一億国民総動員の道をつきすすみつつあった。十九年上半期までは日本国内への本格的な空襲はなく、国民は戦況の仔細を知らされないままだったが、ミッドウェイやガダルカナル、ビルマ、硫黄島などでの日本軍の劣勢が伝わってくるにつれて、もう銃後だの銃前だのといってられない状況になってきた。宇土中学の図画教師佐久間修も、そんな非常下、教え子たちと長崎県大村市の海軍航空廠での教練に駆り出されたのである。以前、日系画家野田英夫の作品をたずねて一どだけ訪れたことのある宇土中学の、戦争などとは何の関係もないのどかなふんいきの木造の校舎がぼんやりと眼の裏にうかびあがった。

「とにかく、まァ、国じゅうがおかしくなっていた時代のことだからねぇ、今ではとても想像つかないことなんだよ」

タクシーが小倉の街を走りぬけて佐久間静子さんのマンションにつくまで、野見山さんは何ども同じような言葉をつぶやかれていた。

先生がいわれた通り、マンション一階のエレベーターホールまで迎えに出て下さった静子さんは上品なすらりとした人だった。もう七十六歳になられるはずなのに、紺と黄のまじった花柄のワンピースがとても若々しい。白い髪のうしろをたばねている紅い髪留めも似合っていた。

「せまいところなんですよ。お客様がいらしてもお通しする場所がなくて……申し訳ありません」

静子さんは小さな声でそういいながら、八階にあるご自分の部屋に私たちを案内された。

たしかに、それほど大きくはない２ＤＫの部屋だったが、いかにも老女の一人暮しをうかがわせる静かなたたずまいだった。リビングにならんでいる調度品もきれいに整頓され、人形や陶器の置き物一つ一つにも女性らしい心くばりがいきとどいている。床のジュータンにはチリ一つおちていない。小倉の街が一望にみわたせるベランダにめんした奥の寝室には、静子さんがやすまれている小さなベッドが紺色のしゃれたカバーにつつまれておいてあった。

「これが……修さんの絵なんです」

みると、ベッドのすぐわきの壁のかなり上の方に二点の絵が飾られていた。すでに変色して朱茶けている古びた画用紙に描かれた裸婦のデッサン、それと着物を着た可愛らしい女性の顔を描いたサムホールの油彩画である。どちらも若かった頃の静子さんであることがすぐわかる。うすい鉛筆線でえがかれた仰向けに横たわる裸体の静子さん、愛くるしい眼でじっとこちらを見つめている着物姿の静子さん、何だか絵を見ているこちらまでが、五十年前のみずみずしい若妻静子さんとむかいあっているようなときめきをおぼえてしまう絵だった。

「修さんはいつも静子さんをモデルにされていたんですか?」

私がきくと、

「いいえ、いつもというわけではないんですけど、これは最初の子を出産してまもなかった頃で、それまでやせていた私がそのときだけはふっくらとしたものですから、今のうちに絵に描いておきたいなんて急にいいだして……」

静子さんはちょっぴり恥ずかしそうにいわれた。

野見山先生の『祈りの画集』にもくわしく紹介されているが、佐久間修さんと静子さんの結婚は周辺でかなり反対されたそうだ。それだけに戦争までの短いあいだは、だれにもじゃまされない幸福な恋愛期間だったといえるかもしれない。静子さんは今でも、夫といっしょに日比谷公会堂で聴いたヴァイオリン・コンサートのカタログや、やはり夫が参考にしていたゴヤ、グレコなんかの画集を大事にしまっておられる。また、B29に直撃されたときのズボンのベルトの留め金や、服のボタン、小さな鍵などの遺品もきちんと保管されていた。爆撃の熱風が今も感じられるような焼けただれた留め金、半分にわれたボタン、灰色にすすけた鍵。それもこれも静子さんにとっては、もう二どと還ってくることのない青春の形見の品々なのだ。

「こういった遺品も、将来私たちが計画している美術館にお預け下さいますか?」

「はぁ……それは……もう私もこの歳ですし、私が死んだらこの品々もどうなってしまうかわかりませんから、もし預かっていただけるのでしたらよろこんで……」

「そうですか。ありがとうございます」

私は深々と頭を下げた。

しかし、静子さんは二点の絵のほうにはまだ未練があるようだった。私たちの美術館計画の趣旨はよくわかるし、いつまでも自分一人でその絵を守ってゆく自信はない、いずれはそちらにおさめたいとは思っているのだが、何しろ五十年もの間ずっといっしょに暮してきた絵なので、なかなか踏ん切りがつかないのだという。

いわれてみれば当たり前の話だった。自分の若かった頃の肢体をえがいた記念碑的ともいえるそのデッサンと油絵は、もう静子さんの生活の一部になっているのだろう。いや、静子さんの分身になっているといってもいいかもしれない。それをいくら美術館をつくるからといって、あっさりアカの他人の手にわたしてしまう決心がつかないのは当然すぎるほど当然なのだった。未練というより、それはこれまでの静子さん自身をささえてきた心の糧《かて》にかかわる問題であるといえるかもしれない。

「いいんですよ。ご無理なさらなくても、静子さんのお気持ちが本当に決まったときに絵を預からせてもらえれば、それでいいんです」

私は静子さんにそういった。

「奥さまは永いあいだ修さんの絵といっしょに生活してきたわけですから、そんなに簡単に手ばなせるとは我々も考えていません。それに、何も作品を二点とも預からせてほしいといっているわけではないんです。どちらか一点だけでもじゅうぶんなのですから……」

「いいえ、それはいけません。私たち遺族にとってはとっても有難いお話ですのに、私がわがままなばっかりに……」

静子さんは少し声をふるわせて眼をふせた。

またしても「掠奪者」の感覚が私をおそった。これではまるで、か弱い小羊を追いつめて、ムリヤリ皮をはごうとしている狼の役回りである。何と損な役回りであることか。

だいいち、戦没画学生慰霊美術館の「無言館」を建てる計画だって、今すぐにでも実現しそうないいかたをしているが、現段階では何一つ具体的になってはいないのだ。これから土地もさがさなければならないし、資金の問題もある。それでなくとも月々のやりくりに追われている貧乏美術館主の私が、さらにもう一つ美術館をつくるなどということは至難のワザなのだった。だいたい、もしそれが仮に実現したにしても、人がくるわけでもないそんな美術館の経営をどうする気なのか。やってゆける自信があるのか。そう考えると、「無言館」は野見山さんと二人で夢えがいた青写真であり、はなはだアイマイ模糊とした幻想のプランなのである。そんな夢物語に、だれが愛する亡夫の絵をすぐさま託す気になるであろうか。私は何となく、自分がとんでもない詐欺《さぎ》をはたらいているような気分におちいっていた。

それに、よく見ると、佐久間修のデッサンと油絵が飾ってある壁の場所は、ちょうど静子さんがやすむベッドを見下ろすような位置にある。ということは、静子さんは就寝するときにかならずこの絵と顔をあわせているのであろう。眠りにつくときだけでなく、朝眼がさめたときも、静子さんは亡き夫修さんの絵と見つめあい会話しあっているのだ。それは戦後五十年、もうすっかり習慣化されている静子さんの生活のありようなのである。そんな静子さんから、今すぐこの絵をとりあげることはあまりに非情なことのように思われる——。

「何ケ月かしたら、もう一どお訪ねしたいと思ってますから、どうかそのときまでにお気持ちを整理しておいて下さい。私たちの計画もそれほど急いでいるわけではないのですから」

私はしょんぼりうつむいている静子さんにそういった。

野見山先生もよこでさかんにうなずかれていた。

その足で門司《もじ》へ行った。

吉田二三男《ふみお》。大正三年二月に門司市で生まれ、県立門司中学を卒業して昭和八年に東京美術学校の油画科に入学、東美をでてからはしばらく中山太陽堂という会社の宣伝部につとめていたが、同十八年に応召して中支派遣第七三三六部隊塩崎隊に入隊、翌十九年十一月二十九日に満州錦州省興城陸軍病院で三十歳で戦病死した。その吉田二三男のたった一人の妹さんの晴子《はるこ》さんが今も門司で健在だった。

門司駅からタクシーにのって二十分ぐらい走ったろうか。眼前にひろびろと関門海峡がひろがる戸上山という丘陵の近くの住宅街の一かくに吉田晴子さんの家はあった。正確な地名でいうと、北九州市門司区大里東。現在は娘さんご夫婦と暮されていて、娘さんは地元高校の教師をなさっているときいていたが、私たちがお訪ねしたときには晴子さん一人だった。晴子さんは人の善さそうな笑顔を絶やさぬ、色の白い小柄な老女性である。私たちはさっそく、晴子さんの亡兄吉田二三男の作品が飾られてある六畳ほどの居間に通された。

「いつのまにか、兄の絵はこれだけになってしまいましてねぇ」

晴子さんは本当にすまなそうな顔でいった。

私たちの訪問を待ちうけていたように、居間にはすでに三点の吉田二三男の絵がならべられていた。一点は「自画像」だった。八号大のカンバスに、太い意志的な鼻とするどい眼光をたたえた二三男の顔がえがかれている。茶色を基調にした強健なマチエルの、なかなかいい作品だった。それに岩にくだける波頭をえがいた三号の海げしき、それより一回り小さい暗い色合いの港の絵。なかでも港をえがいた絵は、吉田二三男の非凡な色彩感をあらわすように、茶と黒のコントラストがえもいわれぬ深い味わいをかもし出している。この風景画の二点は、おそらく生まれ故郷であるここ門司港近辺の景色を描いたものなのだろう。

話が少しそれるけれど、ひとくちに戦没画学生といってもいろいろな運命の人たちがいる。美術学校を修業（あるいは繰り上げ卒業）したあと、すぐに学徒出陣して戦地で死んだ学生が大半だけれども、なかには前述した高橋助幹のように帰還後何年かして戦病死した例もある。また、同じ戦死でも佐久間修のように内地で教練中に死んだ者、この吉田二三男のように卒業後一ど社会に出て就職し、その後応召して外地の病院で死亡した者もいる。どの死も戦争によって強いられた不本意な死であったことに変わりはないが、ことに異国の病院の冷たいベッドで息をひきとった若者の死ほど孤独なものはなかったろう。

吉田二三男は中山太陽堂時代、児童用の絵本や漫画、映画制作なんかにも才能をしめした。演劇をかじったこともあった。快活で屈託のない性格で、酒を呑むとハメを外すこともたびたびだった。軍隊でも民謡や歌をうたわせたり、余興の踊りをやらせたりすると右にでる者はいなかった。そんなてんからの楽天家二三男が、満州錦州省にある興城陸軍病院で絶命したのは昭和十九年の冬の初めのことである。容態がかなりわるくなってからも、郷里の親や友人あてにとどいた便りには弱気なことが一つも書いてなくて（むろん検閲もあったろうが）、相変わらずヒョウキンな漫画の絵ばかりが描かれていたそうだ。しかし、さすがに同年秋頃からは音信をよこさなくなった。人一倍さみしがり屋だった兄が、どんな気持ちで見知らぬ満州の病院で死んでいったかと思うとやりきれません、と晴子さんはいった。

そういう眼でみるせいか、吉田二三男ののこした絵には青年らしい意志の強さと、底知れない孤独感とが共存しているように思われる。岩にくだける波頭は、自らがおかれた宿命に対する怒りのようなはげしさにみちている。反対に仄暗い港で櫓《ろ》をこいでいるちっぽけな人影には、何もかもを諦めきったふうな心の静寂さがこめられている。そして、もう一枚の画布にきざまれた吉田二三男自身の眼光は、まるで自分に科せられたあの時代の狂気を見すえるようなきびしさをひめているのである。

「二三男は父や母、妻、それに生まれたばかりの幼い子をのこして死んでいきました。戦後、家族もずいぶん苦労しましてねぇ……でも、父や母は、二三男のぶんも長生きするんだといって八十すぎまで健在でした。先年亡くなったんですが、最後は父も母も、二三男が待っているところへゆくといって大往生しました」

晴子さんはそこでいったん言葉をきってから、

「じつは私の夫も戦争で亡くなっていましてねぇ……何のことはない、兄と夫の二人まで戦地でうしなったことになったんです。自分のことながら、何て薄情な世の中に生まれてきたんだろうと呪ったこともあります。まぁ、もう五十年も前のことで、いつまでそんなことをいっていてもキリがないんですが……」

つぶやくようにいった。

いや、キリがないなどということはないだろうと私は思った。晴子さんは口ではそういっているが、心のおくではまだまだあきらめきれない思いを抱いているにちがいない。とてもその運命を素直に受容する気持ちになどなれないにちがいない。そして、そうした心の傷は兄二三男の絵をみるたびに生々しくよみがえってくるのだろう。晴子さんにしてみれば、兄の絵は芸術作品でも何でもなく、はるか遠い五十年前のあの時代からとどけられる「戦争」という忘れ難い記憶の便りとでもいうべきものなのだ。

晴子さんはそれから、整理ダンスの抽き出しの中から古いアルバムを出してきてめくりはじめた。もうすっかりセピア色に変色した写真ばかりがぎっしりと貼ってある黒い布表紙のアルバムだった。なかには虫眼鏡で見なければならないような小さな写真もあった。

広々とした草原を背に戦友たちと笑顔で肩をくんでいる軍服姿の吉田二三男、直立不動で腰に銃をそえて上官の前に立っている吉田二三男、もう出征がせまった日であろうか、大きな日の丸の旗のそばで、妹さんの晴子さんや両親、その他の親族にかこまれて緊張顔をしている吉田二三男、それと、美校時代に仲間といっしょに学生服を着て談笑しているたのしそうな吉田二三男……。

晴子さんがページをめくるたびに、野見山さんは、

「あ、これはあそこじゃないかな」

とか、

「この風景はぼくが出征した満州の牡丹江省ともよく似ているな」

とか声を出された。

美校時代に撮ったと思われる写真には、

「そうだ。ここにいるのは○○じゃないかな。いや、それとも××かな」

なつかしそうにそういわれた。

こうなると、もう野見山さんの独壇場《どくだんじょう》で、当然のことながら私の出番はまったくなくなった。そばで見ていても、先生の心の中で記憶のフィルムがカラカラと回転しはじめたのが手にとれてわかる。同じ美校で画架をならべ、出征してからは戦場でつらい行軍の日々をおくった仲間の写真をみているうちに、野見山さんの脳裏にはあんなこともあった、こんなこともあったという思い出がかけぬけているのである。先生は

頭の中で一人一人の仲間と再会しているのだ。何だか野見山さんの顔が、その時代にもどったように若がえってみえる。

出番はなかったが、私は私でそんな光景をはたからみているのは好きだった。ふしぎと心が落ち着くのをおぼえた。野見山さんのような戦争体験をもたぬ私が、そういった戦時中の他家のアルバムをみてもいっこうに心が動かぬのは当然だったが、それとはべつの一種の安息感のようなものが胸をひたすのだった。アルバムをめくりながら交わす野見山さんと吉田晴子さんの会話には、あたかもあの五十年前の忌まわしい記憶を、どこかで浄化していくようなすがすがしさがあった。まるであの「戦争」という歴史的事実を、咎《とが》めるでも責めるでもなく、ただただなつかしい過去のアルバムの一ページに封じこめようとでもするような二人の思いがつたわってくるのだった。

しかし、いっぽうではやっぱり、私一人がカヤの外におかれたようなさみしさにとらわれたこともじじつである。それは、こうやって一軒一軒全国のご遺族のもとを巡りながら、自分一人だけが「あの時代」を共有することができずに仲間外れにされているふうな、どこにももってゆきようのないしゅんとした気持ちだった。

9

私たちが訪れた日、青森県弘前市《ひろさき》は小雨がふっていた。戦没画学生千葉四郎《しろう》の姪御《めいご》さんにあたられる吉井千代子さんが経営する酒造会社は、弘前駅前のロータリーをすぐよこに入ったところにあった。私は前日所用で盛岡まできていたのでバスで弘前へゆき、やはり講演のお仕事で秋田にきていた野見山さんと弘前駅でおちあって吉井さんの会社にうかがった。

吉井さんの会社は有名な地元の酒「吉野桜」の醸造元である。会社の事務所も明治時代の風情をのこした粋《いき》な建物で、酒造会社というより古い日本映画にでてくる郵便局のような感じである。裏手が醸造工場になっているのか、モダンなつくりの窓からは軒のひくい工場の屋根が見えた。奥からでてきた吉井千代子さんは、もうすぐ七十歳ぐらいになられるのだろうか、アズキ色のしゃれたベレー帽をかぶって髪を無造作にうしろにたばねた、ちょっと女流画家のようなふんいきをただよわせた人だった。

「先生はちっともお変わりになりませんねぇ」

吉井さんは二十年ぶりに再会した野見山先生にそうあいさつされ、次に私のほうを見て、

「今回は本当にご苦労さまです」

と頭を下げた。

「もうこんなに月日がたってしまって、今になって作品をおあつめになるというのは大変でしょうね。四郎の姉もすっかり歳をとりましたし、家には四郎の絵や彫刻がいくつかのこっているんですが、ご期待にそえるものかどうかわかりません。何しろ野見山先生がいらしてからだってもう二十年近くがすぎたわけですからねぇ、だいぶ絵も傷んでしまっているんです」

「はぁ、それでもけっこうです。ぜひ、四郎さんの絵を拝見させてください。たのしみにしてきたんですから」

会社の事務所でお茶をよばれたあと、私と野見山さんは吉井さんがよんでくれたタクシーにのって市内にある千葉四郎の生家へむかった。千代子さんは「吉野桜」の社長さんともう一つ別の事業（あとから説明するが）もなさっているいそがしい身体なので、いつもそうやって近くのタクシーを使っているらしかった。

弘前はふるい歴史のある町である。四つ辻のあちこちに黒い塀の旧家らしい立派な門構えの家がたち、邸内からはうっそうとした樹木の葉が顔を出している。そうかと思うと、鉄柵でかこまれた広々とした空地には、朱いレンガでつくられた倉庫のような建物も眼に入る。弘前城跡から放射線状にのびた街すじをしばらくゆき、ホテルや土産物店のならぶ坂道を少しわきに入った小路には、いかにも由緒のありそうな寺の門がならんでいた。十分ほどで到着した吉井さんの家、つまり現在は戦没画学生千葉四郎のお姉さんと独身の千代子さんが同居されている家は、そうした街並みにぴったりの太い梁《はり》をめぐらしたやはり造り酒屋ふうな屋敷だった。

「ようこそ、遠いところをおいで下さいました」

くぐり戸をあけて出てきた千葉四郎のお姉さんは、もちろんもう相当のお歳のはずだったが、やはり千代子さんに似て背筋をしゃんとのばされたかただった。

「昨年あたりから徐々に納戸《なんど》の整理をはじめまして、ようやっと四郎の絵が三つほど出てきまして……」

みると、玄関の三和土《たたき》をあがった小座敷のすみに、額椽《がくぶち》に入った油絵一点と、小さなスケッチ板に描いた裸のままの油絵が二点おいてある。

私と野見山さんとは、靴もぬがないままでその絵に見入った。金色の古びた額椽に入った三号の絵は、千葉四郎が美校在学中に母親の顔を描いた作品である。アズキ色とブルーを使った暗い色調だが、しっかりまとまった絵だった。それと、スケッチ板の二つのほうは、さっき街でみかけた空地のレンガの倉庫によく似た建物の絵と、ちょっぴりセザンヌかぶれした静物画であった。永いあいだ放置していた影響で、どの絵も絵具の剝離《はくり》や画面の汚れがめだつ。

「このほかに彫刻のようなものも、何点かあるんですよ」

私たちが小座敷にあがると、奥の部屋から千代子さんが両手に四角い紙包みをかかえて出てきた。

「美校を卒業してから一時映画会社の仕事をしていましたから、これはその頃のアルバイトでつくったものらしいんです」

「ほう……」

包みをとくと、それは白磁《はくじ》製のウサギの三つの置き物だった。眼がピンク色をしている可愛いウサギだ。どういうアルバイト先でつくられたものか知らないけれど、あの頃のものとしてはなかなかハイカラな味わいのある置き物だった。材質のせいもあるだろうが、とても戦時中のものとは思えないような真新しい感じがする。そして、もっと私たちの眼をすいよせたのは、もう一つの包みから出てきた陶製の母親の像と、指をくんだ両手の彫刻だった。

「これは、お母さんがモデルですね」

私がいうと、

「そうです。これは美校で勉強していた当時のものだと思いますが、四郎が出征したあと、祖母はこれをみていると、四郎が今でもそばに生きている気がする、といつもいっていたそうです」

千葉四郎はとても母親思いの人だったようだ。背をまるめてすわっている着物姿の「母の坐像」と、その母の手を彫刻化した「母の手」には、千葉四郎のやさしい人柄と母親への思いやりがにじみでている。ことに「坐像」のほうには、老いて小さくなってゆく母に対するいたわりと哀れみのようなものがうきでている。たぶん四郎はこのとき、自分が戦争にいって死ぬなどということはこれっぽっちも考えていなかったのであろう。しかし、ここにこうやってのこされた二つの彫像をみていると、あきらかに四郎はこれを自分の形見として母親にのこしていったのではないかとも思われてくる。

「戦死といっても、四郎さんの場合は満州で消息不明のまま戦死扱いになったわけですから、母親としてもあきらめきれなかったんじゃないでしょうか。祖父だって死ぬまぎわまで、四郎は必ず生きて帰ってくるといっていましたから」

「そうでしょうね。わかります、その気持ちは……」

あの戦争下、多くの戦没者は遺骨一本帰ってくることなく戦死公報一つで片づけられていた。親族たちは遺骨のないさみしい葬式をあげ、遠い異国の土に還った若い生命をだまってしのぶしかなかった。それでもまだわが子の死を信じられない親たちは、生きて復員した戦友たちを訪ねてそのときの状況を聞きまわった。そうでもしなければ、遺族としていてもたってもいられぬ気持ちだったのだろう。まして、千葉四郎のように「消息不明」の家族はなおさらつらかったにちがいない。戦後何十年ものあいだ、きっと四郎は帰ってくるといっていた両親の思いは痛いほどわかるのだった。

「消息不明というのは、具体的にお国からそういう知らせがあったのでしょうか」

「いいえ、けっきょく四郎さんの行方については帰ってきた戦友の話をきいて想像するしか方法がなかったみたいですね。戦後ずいぶんしてから、死亡場所も日時も空欄のままの戦死通知が家にとどいたといっていました」

「なるほど」

千葉四郎は大正二年十一月二十日に弘前市に生まれ（偶然私の誕生日と同じなので何となく親近感がわく）、弘前中学から東美にすすみ、昭和十三年に同校を卒業後日本映画社に勤務、同十九年に青森第五連隊に入営している。そして、その入営翌日満州にむかって林口で終戦を迎えるのだが、その後すぐに延吉へ移動し、それを最後にぷっつりと消息をたつのである。幼い頃からひどくやせていて、どうみても兵隊になど不向きだった四郎の弱々しい体格を知っている両親は、わが子が地元の民家かどこかにかくまわれて息災であってくれたらとひそかに念じていたという。

千葉四郎のすぐ上のお姉さん、千代子さんにとっては叔母さんにあたるトシさんのそういう思い出話は、いくらうかがっていてもつきなかった。あっというまに二時間近くがたち、私たちはとりあえず三点の油絵だけをお預かりして帰ることにした。まだ四郎さんの戦時中の写真や手紙類がどこかに仕舞いこんであるとのことだったので、それがみつかった頃にもういちどおうかがいし、そのときにあらためて「母の坐像」と「母の手」もお預かりしたい旨を申しあげた。私たちとしてはすぐにでも彫像をもち帰りたい気持ちだったのだが、いっぺんに何もかもをお二人からとりあげることにいくらかためらいをおぼえたためであった。

私たちはそれからふたたびタクシーをよんでもらって、千代子さんが経営する弘前市郊外西目屋《にしめや》（岩木川ぞいの小さな村）にある発電所を見にゆくことになった。千代子さんは、今日は二人にゆっくり温泉にでも入っていってもらいたいから、その前にぜひ自分がやっている発電所を見ていってほしいというのだった。日が暮れてしまうと、発電所までゆく坂道をのぼるのが大変なので、早く行きましょうと私たちをせかせる。「吉野桜」の醸造会社とはべつにもう一つ千代子さんがやっている事業というのは、その発電所のことなのである。「吉野桜」は千代子さんのお父さんが七十年近く前に創業した老舗の会社だったが、発電所のほうは昭和十九年に八代目の社長としてお父さんが受け継ぎ、それを娘の千代子さんがさらにひき継ぐことになったというわけだった。

それにしても、いったい「発電所」などというものを民間人の手で経営することが可能なのだろうか、と私は思った。こういうのは公営の何々電力という事業体がやる仕事なのではなかろうか。野見山さんも私もそういう方面にはまったく明るくなかったので、よくわからなかったが、タクシーが千代子さんの案内で岩木川中流の相馬村にさしかかると、竹ボウキの先のようなリンゴの樹がならんでいる畑が見えてきて、やがて前方の坂の上に朱レンガの発電所らしき建物があるのが見えた。坂下の周りもいちめんのリンゴ畑で、リンゴの樹一本一本の下には日照用の銀色の紙が敷かれていた。私はふだんから信州のリンゴ畑を見て暮していたので、そういう風景は見慣れているはずだったのだが、やはり東北青森のリンゴ園と信州のとはどこかがちがうようにも見えた。それに、あの坂上の朱いレンガの発電所はどこかで見たことがあるな、と私は思った。

すると、千代子さんが、

「叔母の話では、四郎さんもよくこのあたりまでスケッチしにきて発電所を描いていたらしいんですよ」

といったので、そうか、と気づいた。

さっき見せてもらったばかりの油絵の中に、画学生千葉四郎が描いた同じ発電所の風景があったのを思い出したのだった。

鋼鉄製のタービンが轟音《ごうおん》をたてて回転している発電所の機械室や、文字通り堰《せき》を切ったようにながれおちているダムの急流を見学させてもらってから、野見山さんと私は待たせてあったタクシーにのって岩木山の麓《ふもと》にある「嶽《だけ》温泉」へ行った。岩木山はだれでも知っている津軽平野の南西部にそびえる二重式火山だが、嶽温泉はその岩木山の西側のすそ野にあるひなびた温泉郷で、吉井千代子さんは私たちのために一夜「山のホテル」という立派な宿を予約しておいてくれたのだった。これまで何軒もの全国の戦没画学生のご遺族宅をめぐったが、こんなに丁重なもてなしをうけたのは初めてである。

千代子さんは家に叔母が待っているから、あんまりゆっくりできないといっていたが、それでも小一時間ほど宿の部屋で三人でしゃべった話がおもしろかった。おもしろいというより、それは千代子さんにとってはせつなくつらい戦争物語だった。

私たちが千代子さんに、なぜ結婚もせずに多忙な「吉野桜」や発電所の仕事にうちこんでいるのかと聞くと、

「いいえ、私はけっして仕事人間なんかじゃないんですよ」

千代子さんは若い娘のように口をとがらせた。

「私だってだれか掠《さら》ってくれる人がいたら掠われたかったですよ。だって、あの頃は、右も左も年頃の男は軍服を着た人ばかり、とても結婚なんて出来るふんいきじゃなかったですからねぇ……だからこうやって、七十すぎた今になっても、父親のやっていた仕事を女だてらにひきついでいるってわけですよ」

でも、今ではそのお仕事が生き甲斐になっているんでしょ？　とたずねると、

「とんでもない。造り酒屋のほうは父親が好きではじめた事業なんで、長女の私が何とかしなきゃってがんばっているんですが、あの発電所は、多少事情があって父親が知人から社長をひきうけたものなんです。今ではあれにはホトホト手をやいています

よ。何しろ自然相手の商売ですからねぇ、大水もあれば渇水もあるんで、そのたびにダムや護岸の修復に走りまわらなければならない。親元の電力会社さんに買ってもらう電気料なんかほんのわずかですしね」

そういわれた。

事業のことはわからなかったが、戦争中には嫁にゆきたくても相手がみんな軍服を着ていてそれどころじゃなかったという話は胸にしみた。たしかにあの頃は、若い男が手あたりしだい戦地にひっぱり出されていった時代だった。内地で銃後を守ってい た女性たちが、知らぬうちに婚期を逸したのは当然だったろう。まして若い男女が腕をくんで往来をあるける時代でもなかったから、大半の年頃の乙女たちは恋の味さえおぼえる機会もなく青春をすごしたのにちがいない。千代子さんもその時代の仕うちに耐えなければならなかった犠牲者（？）の一人だった。

千代子さんは戦死した千葉四郎さんについてもいろいろな思い出を語ってくれた。

千代子さんの記憶の中にある四郎さんは、前述したようにヒョロヒョロと背の高い気弱そうな画学生だったが、根っからの映画好きで、あの当時まだ二、三軒しかなかった弘前の映画館に二日にあげず通っていたそうだった。東美卒業後はすぐに東京へでて、日本映画社の宣伝部につとめ、その頃評判になった「空《そら》の神兵《しんぺい》」という映画のタイトルは四郎さんがつくったものだったという。四郎さんは、本当は絵描きになるより映画製作のほうにすすむ希望をもっていたのではないか、と千代子さんはいった。

また、四郎さんは学生時代から着物が大好きで、何やかや家のお金をごまかしては着物の新調代にあてていた。それと、仲間とお酒を呑むのも好きだった。日本映画社に入ってからも、漆芸、陶器などを制作するアルバイトでかせいだ収入のほとんどを着物の仕立てや酒代にまわしていた。あの時代では、四郎さんはかなり奔放な青年だったといえるだろう。二つちがいの今の姉さんは家族の中でもとりわけそうした四郎の理解者で、父親からうまくお金をひきだしては東京の四郎に送金していたそうだ。まだ弘前にいる頃、たびたび家をぬけ出して映画をみにゆく四郎を、父や母の眼から上手にかばってあげたのもこのお姉さんだった。

「何しろ九人兄弟の末っ子でしたし、すぐ上の兄は幼い時分に亡くなっていたので、あとはぜんぶ女兄弟でした。そんな中でも今の叔母がいちばん四郎さんのことを可愛がっていたようです」

と千代子さんはいった。

私は、さっきお別れしてきた四郎さんの姉、トシさんのことを思いうかべた。千代子さんの能弁さにくらべると、トシさんのほうはあまりしゃべらないおだやかな感じのする人だった。千代子さんの話では、お姉さんは他の妹たちがみな嫁いだあとも、自分から老父母の世話のために家にのこったのだという。考えてみれば、トシさんも戦時下に恋をする機会をうしなった人なのだった。今では、仕事に疲れて帰ってくる私のおさんどんをしてくれているありがたい同居人なんですよ、と千代子さんはわらっていた。

そんな話を聞いていると、野見山さんがいつかいっていたように、戦争がすでに遠いはるかな過去のものとなり、どの遺族にも新しい月日のながれがおしよせていることがしみじみとわかった。無常迅速とはこのことだ。千葉四郎の家の場合も、七人もいたお姉さんのうち、戦争にいった弟をじかに知っているお姉さんはトシさん一人になってしまっている。当然のことだが、やがてこの東北弘前のどの住人にきいてみても、五十年前太平洋戦争に駆り出されて、満州で行方不明になった一人の画学生のことなどだれも知らない日がやってくるのだろう。

ところで、これはまったくの余談になるのだが、その岩木山麓の嶽温泉の「山のホテル」に泊まった晩、私はいっしょに床をならべることになった野見山先生の物凄いイビキに悩まされ、とうとう一睡もできなかった。多少お酒が入っていたせいもあるかもしれないのだが、まるで地鳴りのようにひびきわたる先生のイビキは暁《あ》けがたまで止まることがなく、私を半狂乱にさせた。私は一晩中枕をかかえて部屋中をウロウロしていた。

翌朝、私がネボケ顔のまま手洗いで歯をみがいていると、

「キミは妙なクセがあるんだね」

と野見山先生がいわれる。

「妙なクセですって？」

私がききかえすと、

「夜中にドタンバタンと寝返りをうつクセだよ。何だか気味がわるくてぼくは一晩中眠れなかったなァ」

私は野見山さんの言葉にポカンと口をあけたままだった。先生は、私のほうが先生のイビキで一晩中眠れなかったことをまったくご存知ない。しかも、私が先生のイビキを止めるべく悪戦苦闘している姿を、半分眠りながらちゃんと観察していたというのだからびっくりしてしまうのだ。

「そりゃスイマセンでした。昨夜はちょっと、ボクの寝返りがひどかったかもしれませんね」

私はむくれ顔でいった。

ふつうなら腹がたって仕方のないイビキ被害なのだが、相手が洋画壇の重鎮野見山画伯となると、どうしてもこっちのほうが形勢不利になるのがシャクだった。

10

静岡県浜松の中村萬平《なかむらまんぺい》さんのご遺族、宮崎県延岡の戦没画学生興梠武《こうろぎたけし》さんのご遺族、山口県徳山の原田新《はらだあらた》さんのご遺族、東京三鷹の益田卯咲《ますだうさき》さんのご遺族、同田園調布の大谷元さんのご遺族、長野県松川村の白澤龍生さんのご遺族、和歌山市永穂の椎野修さんのご遺族、千葉市稲毛の浜田清治さんのご遺族……いつ頃からだったろうか、いつのまにか、全国のご遺族宅めぐりは私の一人旅になっていた。といっても、けっして野見山さんとケンカ別れしたとか、嶽温泉でのイビキ事件で私がもうコリゴリしたためというわけではなかった。私と野見山さんとが相談の結果、これからの遺作収集の旅は私一人にまかせてもらうことになったのだった。

ある日、野見山先生から信州に電話があって、

「いやァ、今度のご遺族のところへはクボシマ君一人で行ってくれないかなァ」

先生がそういうので、

「へぇ、どうしてです」

私がきくと、

「ちょっと展覧会の期日もせまっていてね。仕事が追い込みに入ってどうにもならないんだ。それに、そろそろキミもご遺族訪問には慣れたろうからね、もうぼくが行かなくても大丈夫だと思うんだよ」

野見山さんはいった。

私は何となく先生の気持ちがわかるような気がした。もちろん先生は本業の仕事がいそがしくなり、私と全国をあるく時間がなくなったことはじじつだったろうが、それだけが私との旅をやめる理由ではないように思われた。すでに二十年前に、NHKの企画でご遺族のもとを一軒一軒あるかれている野見山さんは、今回の巡礼旅には私と少しちがった感想をもっている。前にものべたように、野見山さんはあきらかにそこに、「二十年」という月日の時間差を感じているのだ。先生が「あとはキミにまかすよ」といわれた言葉には、どうもそうした意味がふくまれているような気がするの

だった。

野見山さんは今回のご遺族訪問に、もはや二十年前のような緊張感を感じられなくなっているのだろう。緊張感というとおかしいかもしれないが、かつて戦地で多くの同胞をうしなった野見山さんにとって、少なくとも前回の訪問はそうした亡き画友たちの生の残滓をたしかめる旅であり、いわば自分ご自身の青春のムクロとめぐり会う旅でもあったはずだ。野見山さんは亡き友のご遺族と出会うたび、そこに今もまったく変わらない肉親の故人に対する愛情をみ、そのことによって、あらためて生きのこった自分の身の置きどころのなさを感じたのにちがいない。戦地から生きて還った自分というものを、もう一ど見つめ直すつらい時間を強いられたといえるかもしれない。それが、二十年近い歳月をへた今、きわめてアイマイで手応えのないものになってしまっているのだ。

それは、まず何といっても画学生たちの両親がすでにこの世にいないということに起因するだろう。両親の生きているうちは、たしかにそこに「戦争」はもっと生々しく存在していた。両親の心奥に生きつづける画学生の生の痕跡が、そのまま「戦争」そのものの痕跡を意味していた。親たちが戦死したわが子によせる思慕、悲嘆、悔悟、憤怒、無念といったさまざまな感情が、野見山さんを一挙に五十年前の戦地へよびもどし、さらにその戦地から無事生還して今ここにある先生自身をはげしくうちすえたといってもよい。野見山さんは亡き画友の親族とむかいあうことによって、ただただ、自らの生存に対する弁解と後ろめたさに身をこごめなければならなかったのである。野見山さんが『祈りの画集』のなかに書かれていた印象的な次のようなシーンを思い出す。

あれはどなたのご遺族を訪ねたときであったろうか、帰りしなに、玄関口でレインコートに袖を通した野見山さんの肩にそっと手をふれ、

「あなたはお若い……息子が生きていればちょうどあなたといっしょの歳だった……」

と母親がつぶやく。

野見山さんはその言葉のおくに「あなたはどうして生きて還ってきたのか」というせつない問いかけを聞いて立ちすくむのである。あんなにも戦争を嫌い帰還をねがっていたわが子が戦場で死に、同じ条件で出征したあなたは生きて還ってきている。それはなぜなのか。野見山さんは、亡き画友の母親の射すくめるような視線を背中に感じて、言葉もなくうなだれるのである。

しかし、その親たちはもういない。もちろん故人を愛するわずかな兄弟が健在の場合はあるけれど、親と兄弟とではずいぶんちがう。先生を「あなたはなぜここに生き

ているのか」と射すくめる母の眼差しは、もうどこにもないのだ。野見山暁治という画家は、心のどこかでそういう時のながれに失望し、そのためにご遺族訪問の継続を「失望していない」私にバトン・タッチしようとしているのではあるまいか。

「これからはキミ一人で行ってきたほうがいいよ」

電話口でそういわれた野見山先生の言葉には、そうした先生の、他人にはわからぬふくざつな思いがこめられていたような気がしてならないのだった。

もっとも、私はそのいっぽうで、先生の言葉を聞いたとき何かから解き放たれたような奇妙な安息感をおぼえた。もちろん先生と別れて一人旅になるということは、これまで以上に遺作収集という仕事に対する私の責任が重くなるということでもあったのだが、それでも心のどこかにホッとする気持ちがはたらいたのもじじつだった。

少し大げさにいうと、私はこれまで、どこのご遺族の前でもある種の演技を強いられていた。それは野見山さんとご遺族のあいだで、わからないことをわかったふりをするという何とも子供じみた演技だった。ろくすっぽ戦争体験などないクセして、私はどのご遺族の前でも「もう一人の野見山暁治」になっているのだった。先生がうなずくと私もうなずき、先生が首をかしげれば自分も首をかしげるといったぐあいだった。つまり私には、つねに野見山さんの視点で画学生たちの絵を見、ご遺族の話を聞き、野見山さんの経験をあたかも自分の経験であるかのようにみせようとしているきらいがあるのだった。その症状は、最近になってだんだんひどくなりはじめていた。

それはおそらく、私が野見山さんと二人でご遺族を訪問したときの相手方の反応にも原因があることだったろう。どこの家を訪ねても、遺族はみな野見山さんを戦死した自分たちの血縁者の同胞として迎え入れた。当然のことだが、画学生のご兄弟にとってみれば、野見山先生は亡き画学生の東美時代の同級生であり、後輩、先輩であり、同じ戦火をくぐった時代を共有する仲間なのだった。だから、ご遺族たちはじつに親愛のこもったやさしい眼で先生を見ていた。そして、やっかいなことに、ご遺族は先生の傍らにボンヤリ立っている私にも同じような眼差しをそそいでくれたのである。

私にしてみたら、それは光栄なことであった。何しろ戦争のことも戦場のこともチンプンカンプンの私を、野見山さんといっしょの「同胞」としてあつかってくれるのである。れっきとした戦争体験者、あの悲惨な戦時下を生きぬいた同時代者と同じ眼で見てくれるのである。何だかそれだけで一人前になった気分だった。

しかし、そこで愚かな私は、いかにも訳知りな戦争通のような顔をして話に参加することになる。ご遺族と先生とのあいだに交わされる会話に、ときどき相槌をうったり、なるほどと感心したり、ときには声をあげてわらったりする演技者ぶりを発揮するのである。もちろんその場のやりとりをちゃんと理解してそうしている場合もあるのだが、何分の一かにはかならずそんなふうなわざとらしいお芝居がともなう。どこか自分にムリをしながら野見山さんのよこにすわっているのである。

「キミが一人で行ってきたほうがいいよ」

野見山さんはそんな私の演技をとっくに見透かしていて、あえて私に武者修行させるためにそうおっしゃったのではなかろうか。

11

「この歳になって、ようやくあの頃の母の気持ちがわかるようになったんですよ。それまでは何だか、母が遠い存在のように思えていたんですがねえ」

おくの部屋から古い梱包紙にくるまれた何点かの油絵と、古ぼけて埃まみれになった布製のトランクを運んできながら中村暁介《ぎょうすけ》さんはいう。

「それはどうしてですか？」

私がたずねると、

「あの時代は、絵描きのモデルなどやっているというだけで周りからは白い眼でみられていたらしいんですね。ですから、父と結婚した母はつらかったと思います。私は戦後ずっと祖父母にそだてられて、そういった事情をまったく知らされていませんでした。祖父母はやはり、母がそういう職業をしていたことを私に知らせたくなかったんだと思います」

暁介さんの父親は、昭和十八年に蒙古《もうこ》聯合自治政府巴彦塔拉盟武川県第二六師団野戦病院（私には全然読めない地名だが）というところで、二十六歳で戦病死した中村萬平《まんぺい》さんである。そして、その奥さん、つまり暁介さんのお母さんは、萬平さんが東京美術学校を昭和十六年に卒業するまでずっと絵のモデルをつとめていた女性だった。いわれてみれば、たしかにあの当時、そういう職業の女性に対する世間の風当たりはつよく、まして画家のタマゴだった萬平さんと恋愛して結婚するなどということは大変な苦労を強いられたのにちがいない。暁介さんは五十四歳、（私と同い年）になった今、そういうイバラ道をあえて選んで結婚した父や母の気持ちがようやくわかるようになったというのだった。

しかし、それにしても二人の人生はあまりにも儚《はかな》かった。妻の霜子《しもこ》さんは暁介さんを産んだあと、産後の肥立ちがわるく半月後に他界してしまう。とうとう戦地にいる萬平さんとは再会できぬままの孤独な死だった。だから、暁介さんは父の顔も母の顔も知らないのだ。

「これがその母を描いた絵です」

暁介さんは小さな声でいいながら、一枚の二十号大ぐらいの油絵を梱包紙の中から取り出して私にみせた。

いい絵だった。暗く重く沈んだ濃紺色のマチエルの中に、片膝をかかえるようなポーズをとる裸体の霜子さんがえがかれている。深い闇の中からそっとこちらをうかがっているような、それでいて力強い女性の意志力があふれているような絵である。まるで一人の女性の肉塊が、あの時代を象徴するかのような青黒い画布の真ん中に、刺《し》繡《しゅう》でもされたみたいにふかぶかと刻みこまれている。おまえを描くのはこれが最後になるかもしれない、もう二どとこうして絵を描く時はやってこないかもしれない、そんな萬平の熱情が、霜子の身体をせつなく火照らせているようだ。もちろん画学生の習作時代の作品といってしまえばそれまでだが、これまでに見た数多くの戦没画学生の絵の中では、とりわけ完成度のたかい作品であるといっていいだろう。

「他にもお母さんを描いた絵はのこっているんですか?」

私がきくと、

「残念ながらこれ一点です。大作の何点かは現在浜松の美術館のほうにお預けしてあるんですが、それは母の絵ではありませんから」

暁介さんは答えた。

「で、……この絵は私の美術館にお預けいただけるんでしょうか」

「もちろん、そう考えています」

暁介さんが明快にいわれたので、私はホッとした。

暁介さんはそれから布製の古トランクをあけて、中からたくさんのスケッチブックを取り出しはじめた。トランクにはちきれそうに入っていたスケッチブックやデッサンは、五十年の拘束から解き放たれたように、鼻をくすぐるような埃と湿気の匂いをはなちながら次々に出てきた。どれにも、美校時代の習作とみられる裸体モデルのデッサン、クロッキーがぎっしりと描きこまれ、絵の余白には、おそらく萬平さんの字とみられる言葉が何行も書きつらねてある。「写生実習」とか「絵画理論」とか「筋肉透視」とか書かれてあるのは、その頃の授業内容を書きとめたものなのだろう。「人生無常ナリ」とか「人間愛、信愛」とかいった哲学的な言葉もみえる。いつか野見山さんから聞いた話だが、中村萬平さんは当時の美校でも群をぬいた勉強家で、何かにつけて学友たちに兄貴分として慕われ、クラスでも人望のある学生だったそうだ。スケッチブックをめくってゆくと、そんな生き生きした中村萬平さんの勉学の日々の熱気がつたわってくる。

暁介さんは次に、トランクの底からゴム紐《ひも》でくくった封書、ハガキの小さな束をひっぱり出した。戦時中に、父萬平さんが友達や師からもらった手紙、それに下宿先や戦地から家族、妻にあてたハガキ類だった。どれもが茶色に変色して端々がちぎれ、なかの便箋が顔を出している。

束の真ん中あたりに「中谷泰」という差出人名の封書があった。

中谷泰といえば、先年亡くなられたあの有名な洋画家の中谷泰氏のことだろうか。中谷泰氏はたしか明治の終わり頃の生まれで、萬平さんが美校を出た頃にはすでに春陽会展や新文展でいくつも受賞していた画家だと思うから、萬平さんよりだいぶ先輩のはずだった。手紙には「まずおめでとう。ついせんだって君も知っているある女性から、君がそうなったことをきいてびっくりしたばかりだ。これから益々君が画道にはげみ、良き結婚生活を送られんことを祈るよ」といった言葉が達筆な墨字で書かれていた。いうまでもなくこれは、萬平さんが霜子さんと結婚したときに中谷氏からよせられた祝福の手紙である。萬平さんはその頃から、どこかの研究所かグループかで中谷泰氏と出会って親しくしていたらしかった。

萬平さんが戦地から霜子さんにあてた手紙もたくさんあった。

みな元気でいるか。こちらも元気でやっている。訓練中は辛いが、今暫《しばら》くの辛抱と頑張っている。訓練の合間合間に画も描くが此の頃は体力の消耗を防ぐためにスケッチ丈《だけ》にしている。気掛かりといえば、霜子の体と赤のことだけだ。くれぐれも大事にしてくれな。

其《そ》の後の様子はどうか。お父さんお母さんおばあちゃんと仲良くやってくれてるだろうな。お腹の赤はあばれるだろう。俺にかわって親孝行と赤を大事にそだてるのとを引き受けてくれ。余分な心配はせぬよう体に心掛けねばならぬよ。

そろそろお産だろう。霜子も浜松に来ていることと思う。淋しいだろうから、お父さんお母さんに何でもお話して仲良くやってくれ。時たま夢をみるが、行軍中には忘れるようにしている。

これに対する霜子さんの返信が一通だけのこっていた。

あなたもきっとそれを喜んで下さると思います。北支にゆこうと何処にゆこうと、どうぞあの様にお元気でいらして下さい。私は一生懸命に神様にお祈りしますから。赤ちゃんはとても手におえない程に元気にあばれ廻っております。

何ケ月後かには二人とも別々に冥界に旅立たねばならなかった宿命を思うと、読むのがつらくなる往復書簡だった。萬平さんはどれほど霜子さんのお腹に宿る暁介さんの誕生をたのしみにしていたことだろう。そしてどれほど、愛する妻の身体をいたわり気遣っていたことだろう。しかし、そんな二人の幸福な生活はついに再来することなく霧散してしまった。あのむごい戦争という現実によって。

祖国からの便りでわが子の誕生と霜子の死とを同時に知った萬平さんは、戦死する何日か前にこんな手紙を両親に書きおくっている。

昨夜、兵舎の窓にのぼった満月がことのほか白くかがやいているようにみえました。

それは、今までみたどの月よりも心にしみわたるうつくしい光りの月でした。あれは霜子が天に召されたことを知らせる満月だったのですね……。

読んでいるうち、私の眼はうるんで文字が見えなくなった。

手紙類とはべつに写真がいっぱい入った紙袋もでてきた。また埃と湿気の匂いが舞いあがって喉《のど》がむせ、セキがでた。庭先からの秋の日差しの中で、細かなチリが舞いおどるのがみえる。私に見せるつもりのはずの写真なのに、暁介さんは袋の中から一枚一枚手にとってなつかしそうに見入っていた。写真はどれも手紙いじょうに古びて傷んでいた。

「これが父……これが母です」

やがて、暁介さんはその中から二、三枚を選んで私の前に差し出した。大きなカバンの前にすわっている萬平さんは、まだりりしい詰襟の学生服姿だった。前髪が額にかかった眼鏡の横顔が、眼の前の暁介さんにそっくりだった。美校の研究室かどこかだろうか、萬平さんの手には何本もの絵筆がにぎられている。だが、カンバスの上には何も描かれていなかった。

紙袋の中の萬平さんの写真はそれ一枚きりで（アルバムには何枚も貼ってあるそう

だったが)、あとの二枚は母親の霜子さんのスナップである。一枚はどこか田舎ふうな家の軒下で撮った写真で、ショールを首にまいてニッコリと微笑んでいる姿だった。もう一枚は、たぶん銀座かどこかと思われる人通りの多い都会の街頭で撮ったもので、霜子さんはとても戦前とは思えないようなハイカラな洋装姿だった。さすがにモデルをしていただけあって、スラリとした大柄の、瞳の大きな美しい人であった。

「お母さんはキレイな人だったんですね」

私がいうと、

「ええ……でも、私をそだてた祖母は、母のことより父のことをよくほめていましたよ。あんなに立派で優秀な子はいなかった、とよく自慢していました。私は小さい頃からずっとそんな父親の自慢を聞かされてそだったので、逆に何となく抵抗をおぼえたものです」

暁介さんはちょっと照れたように苦笑された。

わかる話だった。幼い頃から萬平さんのお母さんは、戦死した萬平さんのことをしきりに孫の暁介さんに自慢して話していたのだろう。そして、どちらかといえば霜子さんのことはよくいわなかったのであろう。何しろ霜子さんは、当時では世間から白眼視されていた職業モデルの女性だった。お母さんは、わが子がそういう女性と結婚することも良しとしていなかった可能性がある。ましてその萬平さんが戦死してしまったとなれば、そういった恨みつらみを暗に孫の暁介さんに語ってきかせるしか気持ちのもってゆきばがなかったのではなかろうか。

だが、年がら年じゅう「優秀な父親」と「不潔な母親」の話を聞かされてそだった暁介さんの胸中はふくざつだったと思う。そのことに幼い頃から何となく反感をおぼえていたという暁介さんの気持ちはよくわかる。父親をほめられて悪い気になる子供はいなかったろうが、いっぽうでいつも片隅に追いやられている母親の存在には哀れなものを感じていたのだろう。いくら顔をみたこともない親であっても、やっぱり子供にとって両親はだれからも祝福される幸せな夫婦であってほしいものだからだ。

「祖母は頭のいい、何から何まで出来る女性でしたからねぇ、生家は浜松でもちょっとした名のある菓子屋でして、そういった老舗《しにせ》ののれんも父と母の結婚をじゃましたことの一つだったと思います」

暁介さんは眼鏡のおくのやさしそうな眼をなごませて、最後にそういった。最後になってほんのちょっぴり、自分を養育してくれた祖父母の肩をもつようないいかただった。

その日、私は東京に所用があったので早めに浜松市の中村暁介宅を辞するつもりだったのだが、けっきょく帰りは夕刻近くなってしまった。浜松インターから東名高速に入ると、週末前だったせいかいつもより通行量が多かった。私は後部座席に風呂敷につつんで置いている中村萬平さんの絵を気にかけながら、さっきまで暁介さんと交わしたやりとりを思い出していた。

そして、暁介さんの生いたちは自分と似ているな、と思った。

暁介さんの場合は、お母さんが病気で死にお父さんが戦争で死んでいる。しかし、暁介さんが父の顔も母の顔も知らずにそだったという点では私と同じだった。いいかえれば暁介さんと私とは「みなしご」仲間である。だから、他人にはわからぬ「みなしご」の気持ちがよくわかるのだった。厳密にいえば、私は戦後三十数年も経過してから生きていた生父母と対面したので、両親と死に別れた暁介さんとは境遇が少しちがう。私は三十数年間だけの「みなしご」疑似体験者であり、暁介さんは正真正銘の「みなしご」だった。でも私には、暁介さんの人なつこそうな笑顔の陰にある何ともいえないさみしさの芽が手にとれてわかる気がした。

暁介さんが自分を養育してくれた祖父母に対して抱いている、そんなふくざつな感情もよく理解できた。たとえば祖父母が生母のことをわるくいったり、血をひいた父を必要以上にほめたりすることに暁介さんは少し抵抗を感じたといっていたが、ムリもないことだった。あこがれの生父母のイメージを、たとえ祖父母によってであっても汚されるのはつらいことだったにちがいない。しかも、暁介さんにとっては、祖父母は自分の親代りの恩ある人たちである。けっして反抗することはできない。暁介さんは祖父母が亡くなる二十数年前まで、ずっとそうやって「自分だけの生父母」を心の中で守り通してこられたのではなかろうか。

私の場合もそうだった。幼い頃から、私もまだ見ぬ瞼《まぶた》の母、瞼の父に恋焦がれてきた。暁介さんとちがうのは、私が養父母に対していつもつらく当たりつづけてきたことだ。それは、養父母が貰い子の私に生父母の存在をかくしつづけてきたためだった。血液型の不一致や両親との姿かたちの違いから、幼い時分から出生に疑問を抱いていた私は、子供心に養父母のことを憎しみながらそだった。なぜこの人たちは自分に本当のことをいってくれないのだろうと腹が立った。そこが暁介さんのやさしさとは大きくちがう。そしてそれは、すでに両親が死んでしまっている暁介さんと、まだ二人がこの世のどこかに生きているかもしれないと思っていた私との条件の差でもあったと思う。

私が養父母の願いをふりきり（二人は私が生父母と会うことをひどくおそれてい

た）、全国あちこちさがしまわってついに生父の作家の水上勉《みずかみつとむ》氏と出会ったのは昭和五十二年八月のことだった。すでに人口に膾炙《かいしゃ》する有名文士だった父と、名もない小画廊の経営者だった私との三十数年ぶりの邂逅《かいこう》事件は、当時のマスコミを大いににぎわした。「戦災孤児、戦後の空白を克服」だとか「たずねあてた父は水上勉氏だった」だとか「瞼の父は水上勉氏」といったセンセーショナルな見出しが新聞におどった。私は一躍シンデレラボーイ（？）みたいな美談の主になって、地下鉄の吊り広告にまで顔写真がのったりした。まだ三十代半ばだった私が、そんな思いがけぬ事の成りゆきにうろたえ、自分でも気づかぬうちに、どこかで自分の姿を見うしなってしまったのは仕方のないことだったのかもしれない。私はいつのまにか（無意識のうちに）、周辺の人びとに対して、貧しい靴修理職人窪島茂、はつの子ではなく、有名小説家の父の子としてふるまうようになっていたのだった。

そんなふうだったから、私の養父母たちの哀しみと失意は想像するに余りあるものだったろう。何しろ、戦時中のつらい時代に手塩にかけてそだてあげたわが子が、三十数年ぶりに出会った生父にすっかりのぼせあがり、これまでいじょうに自分たちには素っ気ない態度をとるようになった。生活費こそとぎれなく入れるものの、手洗い場では互いの姿を見ると避けあうような冷たさだった。留守を守る年上妻が、その間をけんめいにとりなしてくれたが、やがて私はほとんど家にも寄りつかず信州上田の美術館で一人暮しするようになる。二人の絶望ははかり知れなかった。あの戦時下の食糧難、物不足のなか、必死にわが子の成長につくした自分たちの苦労は何であったのか、と嘆いた。

「誠ちゃんはすっかり変わってしもうた。わてらが知っている誠ちゃんとは別人の子や」

はつはやさしい大阪弁でそういい、

「この歳になって、子どもに捨てられるとは思いもせんかった」

茂は気の毒なほど肩をおとした。

その後しばらくして、私は生母とも再会した。戦後まもなく父との同棲を解消したあと、東京郊外で他家の妻となり娘息子の母ともなっていた生母は、私と父との邂逅を新聞で知って名のりでてきたのだった。母はあの時代の女性としては大柄な、少し暗い感じのする人だった。生父母から聞いた話をつなぎあわせると、私ははじめて自分の出生事情がのみこめた。自分がいつどこでどのようにして生まれ、どんな事情で窪島家の子になったのかがわかって、ようやく一人前の人間になれたような気がした。それまで宙にういていたような自分の身体に重しができ、自分の足で地に立っているような自信がわいてくるのをおぼえた。

考えていたとおり、私が生父母から窪島夫婦のもとに貰われてきたのはひとえに経済的な理由からだそうだった。当時小さな出版社づとめをしていた父は、結核を患っていて、いっしょに暮していると子に菌がうつるという心配もあったらしかった。東中野のボロアパートで母のミシン内職で生計をたてていた二人は、私が産まれたことでなおさら生活がやっていけなくなり、ちょうど知りあいの学生さんが子供のいない窪島夫婦を紹介してくれたこともあって、いっそこの子の将来のためにはと手ばなす決心をしたのだった。つまり私はあの戦争下、貧しい生父母から貧しい養父母（私がきた頃はそうでもなかったのだが）へ貰われてきた子だった。生父は私のことを戦災でとっくに死んだものとあきらめ、母は母で、私がこの世のどこかで息災にしているかもしれないとは思っていたが、その消息をつかむ手がかりもないまま三十年がすぎてしまったのだという。

私はあらためて、自分の幼い頃を支配していた「戦争」という時代を思った。「戦争」は庶民一人一人にさまざまな運命をもたらした。思えば、私を他家に手渡さなければならなくなった原因は生父母の貧困であったが、その貧困の背景にあったのはやはり「戦争」だった。市井の多くの人々が戦火に追われて逃げまどい、飢えに苦しみ、子の養育どころではない生活をおくった。ある者は空襲で家をうしない、ある者は戦中戦後のどさくさで親や子とはなればなれにならなければならなかった。そんな「戦争」さえなければ、生父母たちだって私を手ばなそうなどとは考えなかったことだろう。

ことに私が生父母と別れた頃は、日本の敗色が濃厚となり、もはやにっちもさっちもゆかないドロ沼の戦局を迎えていた。大本営が全力をあげたインパール作戦も失敗し、やがてサイパン島も陥落、奪回された南方の島々から飛びたったアメリカ軍の大型爆撃機B29が、逃げまどう本土の国民に焼夷弾の雨をふらせた。東京では空襲にそなえて家屋が戦車で破壊され、灯火管制の闇のなか、食糧や避難壕をもとめる市民たちが右往左往していた。それらはすべて、私が物心ついてから歴史書や新聞の縮刷版で見て知った光景だったが、たしかにそうやって自分たちだけが生きるのに精いっぱいだったあの頃、親が子をそだてるのは容易ではなかったろうと想像された。

その当時のこと、すなわち私という子と別れた頃のことを書いた父の小説『冬の光景』の終章近くに、次のような場面があったのを思い出す。父が手ばなしたわが子の消息をたずねて、すっかり焼け出された世田谷明大前あたりをうろつく場面である。

屋台をでると、甲州街道の方へ歩いた。掘立小舎がせまい路をはさんでのびている。しばらくゆくと、その小舎が切れて、家跡の土台や、焼けただれた植木が、樹幹だけのばしている庭があった。向うは瓦礫《がれき》の野だ。遠くに、明治大学の校舎が見える。よごれた灰いろの建物は、まだ、戦争中のだんだらの迷彩をのこし、手前の三、四階建てのビルも迷彩をのこしていた。そういう高い鉄筋のほかには、とびとびに、スレートぶきの小舎はあるものの、瓦礫をひとところにあつめただけで、何も建っていない場所が多いのだった。

さすがにうまく書くものだと思う。私の脳裏に焼きつけられたあの日（疎開先から引き揚げてきた日）の風景もまさしくこの通りだった。

そして、ふしぎといえばふしぎなのだが、この昭和二十年夏の明大前の風景は、私と生父、養父母が前後して同じように見ていた風景なのだ。既述したように、一家して宮城県の石巻から帰ってきたとき、幼い私が父茂にアイスキャンデーをせびって買ってもらったのもここだったし、戦後茂、はつ夫婦が路上にゴザを敷いて靴修理屋として裸一貫から出直したのもこの土地だった。生父は、私たちとほとんど入れちがうようにここを訪れて私をさがしまわっていたらしいのだ。そしてとうとうさがし当てることができず、リョウ（私が生父母からつけられた最初の名は水上凌といった）は戦災死してしまったと思いこむようになる。だから、私たち一族は、この世田谷明大前のいちめんの焦土風景を舞台にして、それぞれの「戦後」にむかってあるきだしたといってもよかった。しかも、その後新宿の私立高校を出た私が、東京オリンピックの前年に明大和泉校舎前に小さな酒場をひらいて大当たりし、のちの生活の基礎をつくったのもこの場所だったのだから、よくよく明大前とは地縁がふかいといわねばならないのである。

しかし、それにしても私は、なぜあれほど老いた養父母たちを憎んだのだろうと今になって思う。「戦争」にうちのめされ血をわけたわが子を捨てねばならなかった生父母もつらかったろうが、もっと「戦争」によって散々な目にあったのは養父母のほうだった。それをわかっていながら、なぜ私はあんなにやさしく人の善い老いた父母をだいじにすることができなかったのだろう。

12

北九州小倉にお住まいの佐久間静子さんから電話がかかってきたのは、その年の十一月の終わりのある日だった。

「ようやく決心がつきましたの」

静子さんは電話口で声を押しころすようにいった。

「決心って……？」

私がおききすると、

「息子に相談しましたところ、やっぱり修さんの絵はあなたのところに預かってもらうのが一番いいっていうんです。私、ここ何ケ月間もずうっと考えていまして、やっとその息子の意見に従おうという気持ちになったんです」

静子さんはいった。

じつは佐久間静子さんのところへは、あれからもう一どお訪ねしていたのだが、けっきょく静子さんの心がまだふらついていて結論がでていなかった。私の美術館に協力すべきか、否か、静子さんの気持ちはずっと振り子のようにゆれていた。静子さんにしてみたら、五十年もの間、自分のベッドの横に飾ってあった修さんの絵を他人に手わたしてしまうことはそれほど重大問題なのであった。それで、悩んだすえに静子さんは近所に住む長男の紘一《こういち》さんにそのことを相談したらしいのだ。

「あなたの美術館で飾ってもらって、たくさんの人々に見てもらったほうが修さんの遺志にもかなうと息子が申しておりまして……。お母さんにとってはたしかに大事な形見かもしれないけど、絵描きを志していた父さんにしてみたら、一人でも多くの人に見てもらったほうが幸せなんじゃないかって、そういうんです。私も最近は、そういう気持ちになってまいりました」

静子さんの声は相変わらず上品で小さかったが、何か肩の荷でもおろしたようなホッとした気分があらわれていた。

ちょうど私はその翌月に、宮崎県延岡市在住の興梠武《こうろぎたけし》さんのご遺族をお訪ねする予定になっていたので、同じ九州の小倉なら帰りに立ち寄れるのでありがたかった。それに、遺作を預かってくるのは早いほうがいいような気がした。善は急げというけれど、また静子さんの気持ちが変わらないうちに、なるべく早く佐久間修さんの絵を信州へもってきたかった。

こうしたケースは佐久間静子さんだけではない。最近お訪ねした画学生太田章《あきら》さんの妹さんの和子さんも、同じように悩み苦しまれていた。

太田章さんは大正十年二月に東京日本橋に生まれ、昭和十三年四月東京美術学校の日本画科に入学、同十七年九月に繰り上げ卒業して翌年応召、昭和十九年五月十七日、出兵先の満州牡丹江省東寧で二十三歳で戦病死した画学生である。和子さんは章さんとは四つちがいの今年七十二歳、戦後結婚されずにお一人で過ごされてきて、現在は東京北新宿のマンションに住まわれている。

初めて和子さんをお訪ねしたとき、

「この絵だけは絶対に手ばなしたくないんです」

出征前に兄章さんが和子さんを描いたという絵をさして、そういわれた。

縦二メートル余、横七十センチほどもある大きな水彩画だった。浴衣姿の和子さんが（十七、八歳頃だろうか）、茶色の突っかけを履いて庭の一隅にしゃがんでいる淡い色調の絵だった。可愛らしいお下げ髪の和子さんの横顔には、兄のモデルをつとめているという微かな緊張感がただよい、ピンク色の帯がいかにも初々《ういうい》しい乙女の羞《はじ》ら

い の香りをつたえている。かたわらの大きな葉の庭木も印象的だった。おそらく和子さんを描いていた兄の章さんのほうにも、モデルの和子さんと同じような仄《ほの》かな緊張感があったにちがいない。

「この絵は、私のほうにお預けいただけないんでしょうか?」

私がおききすると、

「この絵をもっていかれたら、私、もうどうしてよいかわからないくらい淋しくなると思うんです。何しろ戦後ながいあいだ、この絵といっしょに暮してきたものですから……、そのかわり、他の絵だったらどれでももって行っていただいてもかまいませんから」

和子さんは懇願するようにいった。

戦死した太田章さんの遺作は、和子さんの手もとにかなりたくさんのこっていた。美校時代の習作のスケッチブックや、デッサンをふくめれば、百点近くにもなったかもしれない。他にも約四、五十点におよぶ絹本、紙本の日本画が、絵具や絵筆、美校卒業証や区役所からとどいた戦死通知といった多くの遺品とともに中野区野方にお住まいの弟さんの家に仕舞ってあるとのことだった。だから、それほどまでに和子さんが愛しているのなら、その「妹の像」だけは収集の対象外にしてもかまわなかったのだが、皮肉なことにその絵がとてもいいのである。他の絵も何点か見せてもらったが、その中でも一番力のこもった作品だった。和子さんがイヤがればイヤがるほど、私としてはその「妹の像」を何としてでももってゆきたくなってしまうのだった。

「どうしても、……ダメでしょうか」

私がねばると、

「堪忍してください、この絵だけは」

和子さんは泣き顔になった。

そんな顔をみてはやりきれなかった。私はあきらめてひきさがることにした。いくら何でもこれ以上、和子さんをいじめては可哀想である。「掠奪者」にも一分の情アリといったところだった。

その後、私は同じ東美で戦死した太田章さんとは親友だった日本画家の毛利《もうり》武彦先生とお会いし、いろいろとお話をうかがっているうちに、だんだん和子さんのせつない気持ちが理解できるようになった。

毛利先生はこういわれた。

「太田君はやさしい人柄でねぇ、妹さんを本当に可愛がっていましたからねぇ、きっと和子さんには忘れられないお兄さんだったんじゃないかと思います。ただのお兄さんじゃなくて、和子さんが一生のうちで一番好きだった異性《ひと》かもしれない」

後日何となく和子さんにそのことをお伝えすると、

「そうですね……毛利さんのいわれるように、私にとってはとっても大切な兄でした。今でも私をモデルにして庭で絵を描いていたときの指の動きや、顔の表情をはっきり思い出すんです。絵を描きながら話しかけてきた声や、そばでそよいでいた風の音や……それと、私は毛利さんの人も絵も大好きなんですよ。毛利さんをみていると、何だか兄が今も生きていて、元気に絵を描いているような気持ちになるんです。ああ、兄が生きていてこんなにすばらしい仕事をしている、ってね」

和子さんはちょっぴり顔を赧《あから》められてそういった。そういえば、和子さんのマンションに飾ってある章さんの描いた「妹の像」のすぐかたわらには、毛利先生の白い馬を描いた小品がちゃんと掛けられている。

私は心がやわらぐのをおぼえた。和子さんの亡兄への思慕も、そしてその級友である毛利先生への思いも、やはりあの戦争という時代をへた者だけが共有する感情の交歓といっていいものかもしれない。戦後五十年独身を通された和子さんの心のどこかには、今も亡き兄章さんの面影がはっきりときざまれているのだろう。そして、その面影の延長上には、いつも兄の無二の親友であった毛利先生の姿があるのだろう。私にはその三角関係が、何だかとても清らかですがすがしいものに思われるのだった。

あとで聞いたことだけれども、毛利武彦先生は現在も太田章さんがのこした形見の岩絵具をご自分の仕事につかわれているのだそうである。章さんの戦死後、章さんのお父さん（友禅染めの一流の職人さんだったそうだ）からその絵具を手わたされた毛利先生は、それをご自分の勤務先である武蔵野美大研究室そばの土中に埋めて「腐れ胡粉《ごふん》」としてながく保存し、今もときどきそれを取り出しては制作につかわれているのだという。

胡粉は貝殻をくだいてつくる日本画の顔料だが、それを膠《にかわ》でといて寝かせておくと膠が腐敗して定着力が何倍にも増す。生前章さんが愛用していた朱や藍《あい》や金の、キラキラとまばゆい光を放つ色素の粒子が、五十年の月日をへて毛利先生の作品の中によみがえるかと思うと胸があつくなった。そこには、戦争未経験者の私などが立ち入ることのできない、先生と太田章さんとをむすびつけている同志愛とでもいうべききつよい友情の絆《きずな》があるような気がしたのだった。

多少事情はちがうかもしれないが、千葉の稲毛に住まわれる故浜田清治《せいじ》さんの弟さんの文治《ぶんじ》さんも、人一倍兄の絵には執着をもたれていたかたである。執着といっても、浜田文治さんは亡き兄の絵を芸術作品としてでなく、あくまでも浜田家の遺品として保存したいと思われているらしいのである。それは、文治さんご自身も兄清治さんと同じ東京美術学校出身で、「絵を描くこと」のきびしさをよく知っておられたからかもしれない。

文治さんは物静かな口調でこういわれるのだった。

「兄弟のヒイキ目ではなく、兄の才能は当時の美校生としては大したものだと思います。しかし、やっぱりまだまだ画学生の域を出ていない未熟な面はたくさんある。それを一般の完成された絵描きさんの仕事といっしょに評価してもらっては、兄自身だってこまると思うんですよ。私が清治兄の絵を大切にしたいのは、そういう見方ではなくて、肉親の一人として兄の形見を一つでもうしないたくないという気持ちからなんです」

なるほど、それも一つの遺作への処し方かもしれないと私は思った。ある日とつぜん、草でもむしられるように戦地へ旅発たなければならなかった画学生たちの絵は、完成途上にある作品であるとはいえても、けっして芸術的に完全に昇華されたものではない。まだまだアマチュアといったほうがいいような作品だ。文治さんは、そんな亡兄の絵がいかにも一人前の画家の絵のように扱われるのには何となく抵抗をおぼえる、とおっしゃるのである。

たしかに「遺品」と「作品」とのあいだに明瞭な線引きをするのはむつかしい。文治さんのいわれる通り、かれらの絵を私たちが尊重するのは、けっしてそれらに「芸術作品」の価値があるからではなく、あくまでもかれらの若い生命の痕跡をとどめる「遺品」としての価値を尊ぶからなのである。だが、いっぽうでやはりそれは、故人が愛用した生活具とか調度品とかいったものとは別の意味をもつこともじじつだった。それは眼鏡やシガレットケースといった種類の「遺品」とはまったくちがうものだ。絵はどれほど未熟であっても、それは画学生たちが他者に鑑賞してもらいたいという目標をもって描かれた絵画という自己表現なのだから。

昭和十七年一月、マレー半島ジョホール州バクリで二十七歳で戦死した浜田清治の生家は、千葉では有名な老舗の呉服店で、二つちがいの長兄国治が家業のあとをつぎ、そのために清治は在学時代から何不自由なく絵の勉強にうちこめる生活を保証されていた。上野の美校近くの湯島天神前の旅館に二間つづきの部屋を借り、学校から帰ると謡曲の稽古や歌舞伎見物にでかけるという仲間もうらやむ優雅な学生生活だった。友だちにもとめられると、得意の狂言の声色《こわいろ》や歌舞伎役者の物真似をやってみせる明るい性格がだれからも好かれた。末弟文治さんのやさしい温和な言葉づかいや物腰のふんいきも、そんな文化的な古き佳きものを愛する浜田家の伝統をひくものだったかもしれない。清治さんは出征直前に一ど帰省し、そのとき描いた武者絵が最後の作品になったという。

浜田文治さんはこうつづけられた。

「浜田の家では、けっきょく二人の息子を戦死させてしまったわけですからねぇ、父や母にしてみたらあきらめきれない気持ちだったと思いますよ。それで、清治兄が死んだあと、こんなものを私家版で出すことにしたんです」

遠慮がちにとり出されたのは紺色の布表紙に『浜田清治遺作集』と題された和綴《わと》じの画集だった。ページをめくると、当時としては相当な費用がかかったと思われる上質な印刷で、美校時代の卒業制作「閑日《かんじつ》」から、学校買い上げになった「人物」「あじさい」といった作品までが刷りこまれている。「閑日」「人物」は何人かの和装の女性を群像ふうに配した落ち着きのある諧調の絵で、「あじさい」は細密なデッサンに墨のタラシこみを巧みに効かせた端正な描写の日本画である。そして、画集の末尾は、清治の死を悼む何人かの先輩知己、師たちの言葉でうずめられていた。その中には私の知っている有名な画家の名もいくにんかあった。

「この遺作集づくりには一家じゅうが一生懸命になりましてねぇ、何かみんな、清治兄の墓でもつくるような気持ちになっていました」

文治さんはいった。

他に二枚一組の木版画の絵ハガキもあった。二枚とも戦地で描いた絵で、一枚は自宅に宛てた「カンボヂア少女」、もう一枚は小中学校時代から美校までいっしょだったという友人にあてた絵ハガキ「サイゴン佛蘭西《フランス》街露天バー」だった。二つとも達者な筆づかいで描かれた異国情緒たっぷりの水彩デッサンで、そこには明日死を迎えるかもしれぬ戦場での恐怖感などこれっぽっちもなく、初めて訪れた外国風景への興味津々、好奇心にみちた眼差しが感じられるスケッチである。それはむしろ、見知らぬ異国の風景を前にしてウキウキと絵筆をはしらせる清治さんの若々しい画魂がみなぎる絵といっていいだろう。

私が遺作集や絵ハガキにみとれていると、

「ね、いいでしょう、このあたりの線は」

兄の絵は作品ではなく遺品だといわれていた文治さんが、私のよこから身をのり出されていった。

もう十二月も半ば近くになっていた。

予定していたコースをぎゃくにして、私はまず小倉の佐久間静子さんのマンションをお訪ねし、そこで例の静子さんを描いたデッサン「裸婦」と油彩画の「静子像」をお預かりして、それから日豊本線で日向灘ぞいを宮崎県延岡にむかうことにした。

私を元気づけたのは、静子さんの私の訪問に対する見違えるようなあたたかい歓待ぶりだった。静子さんは私のために豪勢な中華料理を取り寄せてもてなしてくださった。ご近所にお住まいのご子息の紘一《こういち》さんご夫婦もそろって食卓に着かれ、いわば母子一族で修さんの遺作二点との「お別れ会」をひらいてくださったのだ。

「これからは、親戚の者にも修さんの絵は信州のあなたの美術館にあるからって宣伝しておきます」

静子さんはいって、

「もっと早く安心していただければよかったですね」

自分が優柔不断だったばかりに、と頭を下げた。

あれほど迷っていた静子さんの心を、こんなふうに変えたのはやはり息子の紘一さんの意見があったからなのだろう。室内用の白いセーターを着た静子さんは、このあいだお会いしたときよりもさらに若々しくなったように思われる。まるで五十年間ずっと思いつめていたことから解放されて、静子さんの顔が少女時代にもどったようにはなやいでみえるのだった。

ただ、私がベッドのよこの壁から二枚の絵を外したとき、壁にくっきりと白っぽい額の跡がついたのが気にかかった。何十年もそこにあった絵なのだから、仕方のないことだったが、グレーの布貼りの壁に、定規ではかったように二つの四角い跡がうかびあがっている。それは額の跡というより、戦後ずっと静子さんの生活を見守りつづけてきた修さんの絵の残影のような痕跡だった。静子さんがその夜から、壁にのこされたその跡をみつめながらしょんぼり眠る姿を想像すると何だかやりきれなかった。

「これじゃ、やっぱりさみしいでしょうねぇ」

私はいって、

「何とか私のほうで修さんの絵の写真を額に入れて、同じ大きさの模造品《レプリカ》をつくってプレゼントしましょう」

だまっている静子さんに自分のほうからそう約束して、小倉のマンションを後にした。静子さんはもうすっかりあきらめているふうでもあったのだが、こういうときにいつもわざわざ気を利かいてしまうのが私の悪いクセである。それに、いつまでもそこにいると（その額の跡を見ていると）、また静子さんの心境に変化が訪れるようでこわかったのだった。私はマンションを出て、その日のうちに延岡に着く日豊本線に間に合うように小倉駅にいそいだ。

延岡は、大正六年千葉県に生まれて昭和十五年に東美の油画科を卒業、翌十六年に応召して終戦直前の昭和二十年八月、ルソン島ルソド山で二十八歳で戦死した興梠武さんの義妹の佳子さんが息子さんご夫婦と住んでいる町だった。行橋、中津、大分をすぎ、別府温泉のホテルの明りが車窓に近づいた頃から、海の色には小さな闇がせまり、やがて黒いのっぺりした水平線のところどころに仄明るい漁船の灯がうかびはじめた。夕方近くに小倉を出た特急列車「にちりん」は、そんな年末近い東九州の鉄路をひた走りに走って、夜九時すぎに延岡駅に到着した。

その夜はそのまま駅前のビジネスホテルに投宿、翌朝タクシーをたのんで興梠家へむかう。

コウロギさん——何だかお会いする前からふしぎな名前だなと思っていたのだが、なぜか延岡周辺にはこの名前は多いようで、市街地を外れて二、三十分走った郊外の路筋にもコウロギ質店とかコウロギ産婦人科とかいった看板が見えた。めざす興梠さん宅は、県東から日向灘にながれこむ北川にかかる小橋の、たもとを少し横に入ったところで米穀店を営まれている家だった。同じ縁戚の人が営んでいるのか、手前には「興梠酒店」とかかれた商店が見える。タクシーの運転手さんの話によると、このあたりは無鹿《むしか》町といって、遠藤周作氏の短篇小説にも登場する歴史のある町だそうである。

「まああ、こんな遠くまでよくおいで下さいました。不便なところですからさぞお時間がかかりましたでしょう」

店先に出てきた佳子さんは小柄なかただったが、天井にひびくような大きくて明るい声で私を迎えた。

「何十年も放っぽっといた武さんの絵を、わざわざこうして見にきていただけるなんて、武さんも草葉の陰でどんなに喜んどることかと思いますよ」

お茶を盆にのせてでてきた若奥さん（たぶん佳子さんの息子さんのお嫁さんなのだろう）もすぐよこにすわった。失礼ながら、延岡には不似合いなくらい長身で背筋のしゃんとした、都会的なスラックス姿の奥さんだった。聞くところによると、興梠家の皆さんは一人のこらず剣道の段位をもたれていて、この若奥さんも二段の腕前、旦那さんはもちろん師範級、そこにはいなかったが中学三年になる長女のかたも全国剣道大会で優勝したことのある女剣士であるとのことだった。そういえば、通された座敷の欄間《らんま》には、剣道大会でもらった賞状や段位の認定書が額に入れてずらりと飾ってある。

私と佳子さんのあいだで、ひとしきり亡くなった興梠武さんの話がはずんだ。といっても、それは佳子さんが武さんの弟である亡き夫や義父から聞いていた話ばかりで、その義父もだいぶ前に亡くなりました、と佳子さんはいった。興梠武さんは税務署勤めだった父親の赴任地の千葉で生まれて、その後大分にうつって地元の中学校を卒業、昭和十年に東京美術学校油画科に入学している。そして十五年に卒業してしばらく研究科に在籍し、藤島武二教室で級長までつとめるが、やがて召集令状がきて満州にやられる。満州から南方にむかう途中、輸送船が撃沈されて命からがらルソン島にたどり着き、そこのルソドという山でついに力つきた。祖父の話では、武さんは美校を卒業したらフランスへいって絵を学ぶのが夢で、戦争さえなければきっとその通りになっていただろうとのことだった。南方から届いた白木の箱には白い貝殻が一つ入っていただけで、母親はなかなか武さんの戦死を信じられなかったそうです、と、佳子さんはいった。

それは、どこのご遺族のもとへ行ってもハンでも捺《お》したように聞かされる、一人の画学生のあまりにあっけない人生の終焉だった。ここでも、好きな絵を描きたかった若者の希望の糸が戦争によって無惨にぷっつりと断ち切られた音が聞こえる。佳子さんの明るい声で語られると、それがよけいしんみりと心にひびいた。

「それじゃ、さっそく武さんの絵を見ていただきましょうか。どうぞ、二階にいらして下さい。武さんの絵や遺品は、もう何十年も二階の押入れに仕舞ったままなんです」

佳子さんは立ちあがって私を二階へ案内してくださった。

「とにかく……こうやって押入れから武さんの絵を出すなんてことはここ何十年もなかったですからねぇ、……クボシマさんにきていただく前にちゃんと出しておこうと思っていたんですが、毎日店の配達で忙しかったりして、ついついそのままにしてしまって……本当に申し訳ないと思ってるんですよ……」

佳子さんは心底申し訳ないといった顔を私にむけ、それから押入れに身をのり入れて奥にあるカンバスを取り出し、一つ一つ後ろにいる私の手にわたした。

なるほど、どれもが相当に傷みがはげしい油彩画だった。自画像もあれば、風景画も静物画も人物画もあったが、画面には縦横にヒビわれがはしっていた。なかには木枠からカンバスの布地が外れて、打ちつけた釘がボロボロに朱サビているのもあった。佳子さんの手から私の手にうつるまでにも、カンバスからはげ落ちた絵具がパラパラと畳の上におちた。木枠から外されて丸められたカンバスはもっと悲惨な状態で、絵をひろげるとほとんど絵具が粉末状になっているほどだった。人間でいえば、これはもう一般病棟ではなく「集中治療室」にかつぎこまなければならない重篤な患者であった。

私の眼をひきつけたのは、そのうちの一点、編物をしている着物姿の女性がえがかれた絵だった。これもだいぶあちこち損傷をうけていたが、かえってその損傷が絵の品格をたかめてでもいるようだった。ブルーと淡い茶褐色のモダンなコントラスト、薄塗りのマチエル。上品な着物の着こなしと、編物にうちこむ女性の横顔にリンとした静謐《せいひつ》感がただよっている。いかにも当時の美校のアカデミズム教育を感じさせるような画風だが、興梠武さんがなかなかの達者な写実家だったことがそれでわかる。

「これは……武さんの妹さんを描いた絵なんですか？」

私がたずねると、

「そうです。武さんはこの一番下の妹をとても可愛がっていたようですよ」

佳子さんはいった。

「この妹は、武さんの出征中に肺を患って二十五歳の若さで亡くなりましてねぇ、今だったらかんたんに治るんでしょうが、あの頃の肺病は不治の病でしたから……それを戦地で知った武さんは半狂乱のようだったと、帰ってきた戦友の人が話していました」

私はそのとき、せんだってお会いした太田和子さんのことを憶い出した。和子さんは兄章さんを戦争でうしなったが、その兄がのこした絵にささえられて戦後の孤独を生きぬいた。いわば兄の絵は、和子さんの生命のささえだった。興梠武さんの妹さんも、不幸にして病にたおれたが、やはり兄の武さんにはこの上なく愛されていたようだ。ここにある編物をする妹の像は、そんな武さんが妹さんにのこしたかけがえのない愛情の証であるといっていいだろう。

どのご遺族を訪ねても感じることだが、あの頃（戦争のあった頃）は、兄弟姉妹をむすぶ絆が今よりずっとつよかったように思う。兄は妹を思い、妹は兄を慕っていた。弟が兄の身を案じ、兄がいつも弟を思いやっていた。それは兄弟にかぎったことではなく、親子の場合もそうだった。手紙一つ読んでも、そこには親が子を思い子が親を思う心があふれている。核家族だの家庭崩壊だのといわれている現代とはまるでちがう、家族全体のゆるぎのない心の結束がそこにはあるのだった。あの戦争という八方ふさがりな暗い時代であればこそ、よけいに庶民はそうした血縁眷族の繫がりを大切にしたのであろうか。

いずれにしても、この絵は至急東京にもち帰って修復をしなければならなかった。すでにこれまで、私は何十点もの傷みのはげしい画学生の遺作を東京の修復研究所にもちこんでいたのだが、この絵もその仲間入りである。修復費用のことを考えると眼の前が真っ暗になるが、将来「無言館」に展示することを思えばそんなことはいっていられない。一刻も早く手当てしないと、興梠武さんが精魂こめて可愛い妹さんを描いた絵はこの世から消えてしまうのだ。

「この状態ではとても手もちで運ぶわけにはゆきませんから、年が明けましたらもう一ど自動車でお訪ねして運搬することにしましょう」

私は背後に恐縮したように立っている佳子さんと若奥さんにむかって、ちょっぴり作り笑い（？）をうかべてそういった。

13

さて、修復費用に頭がいたいという話がでたが、ここらへんでかんじんの「無言館」建設の進捗《しんちょく》状況について少し報告しておきたいと思う。

そうやって全国各地のご遺族訪問をつづけながら、正直のところ私の頭は「お金」

のことでいっぱいであった。先だつものは何といっても「お金」である。すでに館を建設する用地は決定していて、基本設計のプランもだいたいかたまり（私の自己流の設計だった）、建設をうけもつ地元の建築会社も内定していた。建坪八十五坪のコンクリート打ちっ放しの安普請《やすぶしん》な建築は、当初の見積り額では七千万円弱だったが、だんだん設備費や資材費がふくらんできてその額は一億円近くにもなっていた。もちろんそうした本体工事のほかに、空調設備だの資料ケースの設置だの電気工事だのといった費用もかなりかかる。トイレの排水工事や造園植栽の手間も考えなければならない。そんな途方もない金をどこからもってくればよいのか、どこから調達すればよいのか。

だいいち、前にもふれたように、現在の「信濃デッサン館」の経営だけでもいつもぴいぴいの状況であった。何しろ信州の片田舎の貧しい個人美術館だ。春夏の観光シーズンはまだしも、雪ふる真冬や木枯らしのふく秋ぐちになると来館者はめっきりへり、月々の従業員の給料や光熱費のやりくりだけで大変だった。銀行からの借り入れ額もとうに限界に達していて、毎月タバになって送られてくる返済表とにらめっこの日々がつづいていた。だれに聞いても、その他にもう一つ新しい美術館をつくるなどというのは正気の沙汰ではないのだった。

じっさい、野見山さんなどは私のところへ電話をかけてくるたびに、

「ところで……」

といいにくそうに口ごもり、

「お金はだいじょうぶかねぇ、キミはどうみてもそんな金持ちにはみえないけど……」

といった。

先生の眼には、資金のメドもつかないのに平気で「美術館をつくる」といって全国をとびまわっている私の神経が信じられないらしかった。この男はいったい何を考えているのか、気はたしかなのか。

ただ、おかしなことだが、当の私はそれほど悲観的な気持ちにはなっていなかった。もちまえの猪突猛進型の性格のせいだろうか、それとも、これまでの海千山千の世渡り経験(?)がそうさせるのか、何となく「無言館はかならず出来る」といった自信が心の底にあった。

したがって、野見山さんがどれだけ心配そうな電話をかけてきても、

「何とかなりますよ。ぼくにまかせておいて下さい」

私はいつもそう答えたのである。

じつは、私はそのとき「無言館」を建設するためなら自分のコレクション、すなわ

ち「信濃デッサン館」が後生だいじにしている画家の作品をいくつか手ばなしても仕方ないと覚悟をきめていた。これまで懸命に守り通してきたコレクションを売却することは身を切られるほどつらかったが、さりとて、今の自分に「無言館」建設費に見合うほどの多額な資金を捻出する手だては他には思いつかなかった。村山槐多か関根正二か、野田英夫か松本竣介か、然るべき人気画家の作品を何点か手ばなせば建設資金の半分くらいはつくれるだろう。それが「ぼくにまかせておいて下さい」という私の自信をささえる唯一の命ヅナだったのである。

一つの目的を達成するために、いっぽうで自分の愛するコレクションを手ばなすというのは、まるでトカゲの尻尾切りのようなものではないかと思うことがある。一つの大切なものを得るかわりに、やはり同じように大切なものを一つうしなう、これじゃあ一歩も先にすすんだことにならないじゃないかといった思いが、ふと頭をかすめる。だが、これまでだって自分の人生は、いつもそんなジキルとハイドの二重生活だったという気もする。一つの理想の実現のかげで、もう一つの理想をあきらめなければならないことばかりだった。一どとして両方のことがうまくいったことなんてなかった。海千山千の世渡り経験といったが、私が自分自身の生き方に一抹の信用のおけなさというか、ある種の胡散《うさん》くささのようなものを感じるのはそういうところなのだった。

だいたい、私が自慢する「信濃デッサン館」の千数百点（いつのまにかそんな数になっていた）におよぶコレクションだって、そうした私流の錬金術でからめとられた収穫物の一つであったといえなくもない。どれもが私が好きであつめた絵ではあったが、収集の過程にはどこか不浄なマネーゲームの要素がつきまとった。ありていにいうなら、それらは高度成長時代に私が身につけた金ころがし、物ころがしの延長上にあつまった絵なのだった。そんな清濁あわせのむ浮き草コレクションを、今さら他人に売るのがつらいだの、もったいないだのということに、私は何となく後ろめたさをおぼえた。人が思うほど、私が自分のコレクションを手ばなすことに罪悪感や抵抗感を感じなかったのはそのためであった。

まして、今度は戦没画学生慰霊美術館「無言館」建設という大いなる志の実現のためなのだ、と自分にいいきかせる。たんなる儲け仕事のためではないのだ、と納得させる。これまで自分があつめた「信濃デッサン館」の夭折画家コレクションが、こんなふうに役立つのならその画家たちにとってだってどれだけ本望なことか。

「慰霊美術館と名のつく以上、建物にも設備にも相当な費用がかかると思わなければならない。たとえ無名の画学生の作品であっても、戦後五十年、ご遺族たちが一生懸命守り通してきた作品だ。保存や修復にもずいぶん金がかかる。あんまりムリをするのも考えものじゃないかなァ」

資金面を心配する野見山さんに、

「だいじょうぶです。こうみえても、ぼくはもう二十年近く美術館屋をやっているし、いたたかモンなんですから」

私は自信満々な口ぶりでそう答えたものだった。

しかし、世の中そんなに甘いもんじゃないことはまもなくわかった。

私はひそかに一、二年前から、日頃から親しくしているF県立美術館やS市立美術館に自分のコレクションの売却話をもちかけていたのだったが、その返事はどれもあまりパッとしなかった。F美術館の学芸員さんは、「信濃デッサン館」の作品ならばノドから手が出るほど購入したいのだが、あいにく本年度と来年度の予算はぜんぶ使い果たしているのでどうにもならない、たとえ買うことができても再来年以降になるとのことだった。またS美術館からも、すでに何年か先までの購入予定作品が決定しているので、当面新しい作品を買い上げる計画はない、というスゲない返事がかえってきた。

個人コレクターの何人かにも当たってみたが、ダメだった。どのコレクターも私からの突然の作品譲渡話にはびっくりしたらしかったが、いざ話が最終段階の詰めになると二の足をふんだ。というより、サイフの紐がかたくなった。私の申し出た希望価格と相手のいう額とではあまりに大きなひらきがあって話にならない。なかには、私のコレクションの作品リストを見て、私のいう金額の三分の一ぐらいしか出せないというコレクターもあった。バブル経済がはじけた以後、世の中は私が考える以上にきびしくなっているのだった。

それと、これは予想外なことだったが、私からコレクション売却の話をもちかけられた人々の多くは、その理由が新しい美術館を建設する資金づくりのためだと聞くとちょっぴりふくざつな反応をしめした。

「へぇ、そんな美術館をつくって採算が合うのかい」

とか、

「キミも物好きだなァ……ぼくらにはとってもそんな殊勝な気持ちにはなれないなァ」

とか、半分皮肉めいた口調で応じる人もいた。

要するに、私の「無言館」建設計画は、そういう人たちの耳には今一つ現実感をともなっていないのだった。こんなに不景気なご時世に、全国をまわって戦争で亡くなった画学生の絵をあつめるなんてずいぶんキミも酔狂だねぇ。そんな無名な画学生の海のものとも山のものとも知れない絵を見るために、どれだけの人がやってくると思うの？　キミのそんな甘っちょろい空想話にはとってもつきあえないな。ふだん現実のいそがしい生活に追われる人々にとって、私のいっていることは何か夢の中で眼に見えないヌエのようなものを追いかけようとしている話に聞こえるらしかった。

「やっぱり、クボシマ君は余裕があるんだよ」

だれもがそんな言葉で話の最後をむすんで、私を落胆させた。

　余裕、というのはとりわけ傷つく言葉だった。借金だらけの貧乏美術館主、妻子への送金さえ滞《とどこお》りがちな生活破綻男の私に余裕などあるわけはなかった。お金だけのことを考えるなら、私には一片の余裕さえない。私は内心、どうして自分の本当の心情をわかってもらえないのだろうかと思った。

　だが、考えてみればそれも当然のことなのだ。私だけでなく、だれだって必死に生きている。ある者は会社の経営のために、ある者は自らの事業の存続のために、不眠不休で走りまわっている。妻子家族の養育や病身の親兄弟のために、身を粉にして働いている者もいる。そんな世間の人の眼から見れば、私のやろうとしていることは苦労しらずの、どこか浮き世ばなれした道楽仕事に見えるにちがいない。金にも時間にも恵まれた趣味人のノーテンキな空想物語に思えるにちがいない。そんな男の理想追求の片棒をかつがされ、絵を買わされるなんて真っぴらだと思われても仕方のないことなのだ。

「余裕なんてちっともないんですけどねぇ……やっぱりぼくは考え方が甘いんでしょうかねぇ」

私はしょんぼりとコレクションのセールス話をひっこめるしかなかった。

ともかく、これで万事休す。美術館への売りこみがダメ、個人蒐集家の協力もつかめないとなれば、私は根本的に当初の資金計画を一から練り直さなければならなかった。何とかべつの方法で、一刻も早く一億円にもおよぶ「無言館」の建設費をヒネリ出さなければならなかった。

14

しかし、捨てる神あれば拾う神ありで、それから何ケ月かしたある日、私の美術館のある地元のＨ銀行支店長のＹさんから突然電話がかかってきた。

「クボシマさんですか？」

私は最初、また通帳の残高（ローンや公共料金の引き落としがある）が不足しているのかと思ってヒヤッとしたが、

「今度の画学生さんの美術館建設には、ぜひ私の銀行もご協力させてくださいよ」

Ｙさんはそういわれるのである。

Ｙさんが日銀行きっての美術ファンで、クラシック音楽や古典文学にもくわしい趣味人であることは以前から私も知っていた。「信濃デッサン館」の展覧会にもかならず顔をみせてくれて、槐多や正二の絵をじっくりと見ていってくれる。ときどき市民サークルの講師をつとめられたり、地域の情報雑誌のエッセイ欄などにも寄稿されたりしている文化人銀行マンである。だが、そのＹさんが成長産業でも優良企業でもない私の万年赤字美術館に、すすんで融資を申し出てくれるというのは信じられなかった。本当だとすれば、これこそ地獄にホトケ、わが美術館にとっては白馬の騎士の到来である。私は心に虹のかかるのをおぼえた。

Ｙさんは電話のすぐあと美術館にやってこられて、次のようにいわれた。

「クボシマさん、私は先日の新聞記事でこんどのあなたのお仕事の計画を知ったんですが、ぜひその資金を当行のほうでお手伝いさせてもらえませんでしょうか。あなたは新聞の中で、ご自分のコレクションを手ばなして新しい美術館をつくるとおっしゃっていますが、それはいけません。あなたの美術館の槐多や正二の作品は、この地元の美術ファンの人々の宝物でもあるんです。それは、私たち地元の者のためにもぜひ守り通してもらわねばなりません」

私は眼を丸くしてYさんの顔を見つめた。

もともと私の美術館「信濃デッサン館」には地元の人々の来館者は少ない。まがりなりにも開館十七年、年間三万名に近い入館者のある美術館なのだが、その大半は東京、関西方面、あるいは遠い北海道や九州からの客人で、かんじんの足もとの長野県人の理解はまだまだの感がある。それは館の収蔵作品の性格によるだろうし、私の好きな夭折画家たちが等しく一般大衆にはなじみのうすい個性派の絵描きであることにも因《いん》があるのだろう。少なくともここ何年間か、私は地元の人々の自分の美術館に対する理解度にはすっかり絶望していたのだった。

たとえば、ある匿名の県内人からは「国宝も重文もない美術館なんて美術館ではない。こんなわけのわからん無名画家の絵をならべて入館料をとるとはけしからん」といった内容の手紙をもらったことがある。また、受付にすわっていて「なぜ信州出身でもない画家の絵ばかりを飾るのか、もっと郷土の美術館にふさわしい展覧会をひらいてほしい」とか「デッサンばかりでは物足りない、もっと本格的な油絵をならべてもらえないか」とかいう抗議を申しこまれたこともたびたびだった。日本の近代美術史上に巨跡をのこした村山槐多や関根正二の芸術も、かたくななまでの日展偏重、尋常以上に郷土出身画家にこだわる（ように私には思える）この土地ではまるっきりカタ無しなのだった。私は他所者《よそ》である自分の営む美術館が、この地の人々に本当の意味で浸透するにはまだ相当の時間がかかると思っていた。

だからこそ、Yさんのような人が眼と鼻の先の銀行にいたことに私は感動したのだった。眼の前に温和な笑みをうかべてすわっているYさんが、私が十七年間かかってようやくめぐりあうことのできた唯一の信州人のように思えてきた。

「ご融資いただくといっても、私にはそれに見合うような担保もありませんし……それに、今度の美術館はこれまでの美術館とはちょっと内容がちがうんです」

私がいうと、

「もちろん、そのこともわかっています。我々銀行も商売ですから、みすみす損をする融資をするわけにはゆきません。しかし、戦没した画学生の絵をあつめた美術館なんてなかなかユニークな発想です。いや、今の私たちがぜひやらなければならない仕事かもしれない。これからじっくり話し合って、お互い手に手をとってこんどの事業を成功させようじゃありませんか」

Y店長は私の眼を見つめてそういうのだった。

私はそれまでに何ども銀行から借金した経験があったが、こんな例ははじめてだった。明大前の水商売時代から銀座での画廊開業、信州での美術館建設にいたるまで、数かぎりなく銀行のお世話になったが、こんなふうに相手のほうから声をかけてもらったことなんか一どもなかった。たいていは私のほうが平身低頭で借り入れ願いを出し、担保やら返済計画やらのきびしい審査をくぐりぬけたあと、ようやっと希望額の半分くらいの融資が実現するのが関のヤマだった。それが今回は、まるでようすがちがうのだ。村山槐多や関根正二の絵を売るぐらいだったら、自分の銀行が金を貸すから「無言館」を建てなさいとYさんはいうのである。

夢ならばさめてくれるな、といった気持ちで、私は美術館から帰ってゆくY支店長の後ろ姿に手を合わせた。

一ついいことがあるとつづくものだった。地元上田市から「無言館」の建設用地として「信濃デッサン館」東隣の山の市有地を提供したいという申し出があったのはそれから数日後のことだった。

そこは、私がだいぶ以前から眼をつけていた場所で、現在「信濃デッサン館」が建っている真言宗前山寺の参道から直線距離にして約五百メートル、山王山と名づけられた小高い丘の頂きだった。私が朝な夕な犬をつれて散策するお気に入りコースでもある山王山からは、太郎山、男神岳、女神岳にかこまれた塩田盆地はもちろんのこと、松林ごしに浅間、菅平の遠い山なみ、美しい千曲川のながれが見わたせた。放浪時代の村山槐多が、いくつものデッサンや水彩画にのこした東信州ののどかな田園風景が、百八十度パノラマのようにひろがるみごとな展望、何より峠一つこえたむこうにたなびく別所温泉の湯けむりがえもいわれぬ風情をかもしだす。私が夢えがく「無言館」を建てるのに、それ以上ふさわしいところはないように思われた。

だが、残念ながら、その一帯は将来公園化が予定されている上田市の所有地であるとのこと、私はそれを聞いて半分あきらめかけていたのだが、何かの席で上田市長の竹下悦男氏に何気なくその話をしてみると、

「いい話だねぇ、何とか実現するといいねぇ」

竹下氏も前向きに考えてみたいというのである。

上田市としても「無言館」計画には大いに関心をしめしてくれているようだった。そういう意味では、十七年前に私がこの地に「信濃デッサン館」を開館したときとは周囲の手応えがずいぶんちがっていた。あのときは、この土地とは何の縁故もない流れ者の所業を見るような冷ややかな眼差しを感じたのだったが、今度の「無言館」の話には上田市全体が声援をおくってくれている感じだった。だれもがその実現をねがっているようすだった。市長がじきじきに市有地の提供を応援し検討してくれるというのだってよほどのことではないだろうか。

H銀行からの融資の申し出といい、上田市の建設用地提供(もちろん有償だが)への協力といい、私はそこには何だかいい知れぬ遠心力のようなものがはたらいているような気がした。遠心力というのもおかしかったが、それは多くの人たちが心の底に抱いている「戦争」というものへのそれぞれの感慨があるように思われるのだった。

「我々の世代もずいぶん戦争では苦労させられたからねぇ。今度のクボシマさんのつくる美術館には他人事ではいられないんですよ」

ちょうど私より十歳近く年長の竹下市長はそんなふうにいっていたが、それはH銀行のY支店長(私と同世代)をゆりうごかした思いともかさなるものであっただろう。あとから聞いたことだが、山王山の市有地を「無言館」建設地として私個人に貸すにあたってはたくさんの関係者の陰の尽力があったようだった。市議会議員さんたちがあちこち駆けまわって事前に賛意をとりつけて下さり、議会では満場一致で可決された。そんな点も、十七年前建築許可一つとることに苦労した「信濃デッサン館」の開館とはまるで待遇がちがっていた。そこには、まがりなりにも二十年近くこの地で私設美術館を経営しつづけてきた私という人間に対する信用のようなものもあったのだろう。信州の人たちの気質には、どちらかといえばヨソ者に対して警戒心のつよい、テコでもひかない閉鎖的なところがあるのだが、ようやく二十年近くたって、私はそうした地元の人たちの仲間に加えてもらえたのかもしれなかった。

ただ皮肉なことに、この市当局からの用地の提供話は、融資をするH銀行にしてみると歓迎すべからざるできごとであったらしい。私が銀行に行ってその話をすると、Y支店長はちょっぴり困った顔をした。

「そうですか。それはありがたい話ですねぇ。でも、当行としてはむしろクボシマさんが、現在のご自分の美術館の庭先にでも建ててもらうほうが助かるんですよ。たとえ何坪であっても、クボシマさんご自身が所有されている土地であったほうがありがたいんです」

つまり、市から借りた土地では、私の所有地ではないので融資の際の担保物件とはならないのだというのである。お金をだす側としては、たとえじゅうぶんではなくても建築する建物や敷地を抵当に入れてもらいたいのだった。バブルがはじけたとはいえ、まだまだ銀行が金科玉条とするのは土地、建物なのである。いくらY支店長の援護射撃があったにしても、そうでないとなかなか銀行という組織はうごかないというのだ。

「よわりましたなァ」

Yさんはしばらく腕を組んでだまったすえ、

「ま、とにかく、まだ時間がありますからね。何とか上手な方法を考えてご融資出来るようにいたしましょう。あんまり気を落とされないで下さい」

事態の急変にしょんぼりしている私をなぐさめるようにいった。

だが、そんな私やYさんを何より元気づけてくれたのは、その頃からだんだんあつまりはじめてきた「戦没画学生慰霊美術館建設支援」の募金だった。

じつは何ケ月か前から、私は野見山さんと相談して「慰霊美術館建設支援のお願い」というパンフレットをつくり、手あたりしだいに友人知己（「信濃デッサン館」友の会の人たちもふくまれる約五千名）に発送していたのだが、しだいにその反響があらわれはじめていた。千円、五千円、一万円、十万円……美術館近くのH銀行の支店に設けられた専用の預金口座と、館の丘の下にある民間委託の小さな郵便局の通帳に、全国の見も知らぬ人たちからの芳志金が雪がふりつもるようにとどく。

このお金がどれだけ私たちの勇気をふるいたたせたことか。初めはわずかな額だと思っていたのだが、やがてそれが百万、二百万、五百万の壁をこえるにしたがって私の胸の動悸ははげしくなった。北から南から、何十人何百人もの人たちの応援金が私のもとに寄せられはじめたのだ。いや、私に対してではない。私がつくろうとしている「無言館」という美術館に対して、全国あちこちから静かに波音がたかまるように支援の手が差しのべられてきたのだった。こんなことがあるのだろうか、と私は思った。

私が発送した「建設支援のお願い」の文面は次のようなものだった。

> 戦没画学生慰霊美術館「無言館」建設の
> 趣意とご協力お願い
>
> 戦後五十年、すっかり豊かさに慣れきった現代日本に

生きながら、今こそ自分たちが辿った歴史の足もとを見つめ直さねばと思う昨今です。

当「信濃デッサン館」は昭和五十四年春に開館以来、大正期に肺結核や貧困のうちに短い生涯を終えた画家たち、あるいは戦時下に戦死した夭折の画家たちの画業を通して、そうした日本人として見つめなければならない人間の歴史をふりかえる活動を細々ながら続けて参りました。まがりなりにも十七年間にわたり、年間平均三万人余の来館者に恵まれ今日に至ったのは、そんな当館の日々の営みによせられる多くの方々の深い理解と支援のたまものと感謝し、またひそかに自負もしているしだいでございます。

そしてここに、かつて昭和五十二年八月にＮＨＫスタッフによって放映、出版された戦没画学生の記録『祈りの画集』をもう一度ひもとき、その過酷な宿命の中に尊い生命を散らさなければならなかった画学生たちの遺作を一堂に集め、それを末長く顕彰し保存しつづけてゆく慰霊美術館「無言館」を当館の分館として建設開館することになり、謹んでその報告をさせていただくことになりました。志半ばで、絵筆を銃にかえて戦地に赴かなければならなかった画学生の無念と、しかしそうした時代下にあっても最後まで芸術への情熱と夢をもちつづけた彼らの魂の叫びを、当館のあるこの信州上田塩田平の地に「美術館」としてとどめおくことは大きな意義をもつものと確信いたしております。

戦没したご子息、ご兄弟の遺作をご所蔵のご遺族におきましては、戦後五十年の時代の流れの中で、種々の家庭事情や転居等により、どれだけその作品の所在が確認され十全に保存されているかわかりませんでしたが、すでに昨春より開始されております全国各地の戦没画学生のご遺族を訪ねる収集活動は、約三十遺族の訪問を終了し、その大半のご遺族より快く戦没画学生の遺作、遺品のご寄託ご寄贈の承諾をうけるにいたりました。どうかこの「無言館」建設の趣旨と本意をおくみとり下さり、関係各位におかれましては、是非とも大いなるご支援とご助力をおあたえくださいますようお願いする所存でございます。

平成八年十二月

信濃デッサン館

館主　窪島誠一郎

寄附金はいくらでもうけつけ、一口一万円以上の送金者の氏名は「無言館」館内に設置されるレンガの壁に記名されるという趣向だった。一万円という金額も、送金者ひとりひとりの名をレンガに刻むというアイデアも、さんざん知恵をしぼったすえの集金作戦である。封書にはこの他に将来の「無言館」の図面（私のシロウト設計）と、これまでのご遺族めぐりや遺作収集の経緯を報じた何紙かの新聞記事のコピーが同封されていた。

最初はそれほどでもなかったが、私たちの活動があちこちのマスコミに取り上げられるにつれ、指定の銀行や郵便局に送られてくるお金の総額はみるみるふくらんでいった。文字通りそれは、みるみる、という感じだった。やはり予想した通り、大半は何らかのかたちで戦争の体験をつまれている人たちだったが、直接戦争を知らない戦後生まれの世代の人も少なくなかった。郵便局の振替用紙の通信欄には「自分の兄も戦死しました。これまで何の供養もしてこなかった罪ほろぼしです」だとか「私も戦争へ行ったが、生きて還ってきて幸運だった。亡くなった同胞の冥福を祈ります」だとか「良いお仕事に敬意を表します。年金生活者ゆえ、少ない額ですが何かにお役立てください」といった短い文がそえられてあった。

なかには見覚えのある戦没画学生のご遺族の名もあった。私はご遺族にはあえて「支援のお願い」の封書を送らなかったのだが（遺作、遺品をお預かりした上に支援金までせびるのが申し訳なかったからだった）、どこで聞きつけたのか、お訪ねした全国各地の画学生のご遺族のところからも続々とお金が送られてくるようになった。どのご遺族もそれぞれの生活の中から精いっぱいの協力金をふんぱつしてくださっていた。

私は心がふるえるのをおぼえた。それは今までになかったような感情のたかまりだった。こんなに多くの人々が、遠くから「無言館」建設の仕事に声援をおくってくれるということが信じられなかった。同時に、心のどこかに、自分がまるで詐欺でもはたらいているような後ろめたい気持ちがわきあがってくるのをどうしようもなかった。こんなお金をもらう資格が自分にあるのか、自分は何かとんでもない犯罪をおかしているんではなかろうか、といった怯《おび》えが私の身体を金縛りにしはじめていた。

ある日、久しぶりに東京の自宅に帰ったとき、台所仕事をしながら妻はこういった。

「へぇ……いつも赤い羽根の募金箱を見ては逃げてまわって、他人の仕事には千円札一枚出したことのないあなたが、そんなにたくさんの人からお金をあつめるなんてねぇ……、世の中何だかへんよねぇ……」

15

山口県徳山市。

地元銘酒の「初紅葉《はつもみじ》」の醸造元として知られる原田酒店は、徳山駅前のアーケード街を十分ほどあるいた大通りの外れにあった。文政二年（一八一九年）の創業といわれる大老舗の原田酒店は、昭和二十年七月二十六日の徳山大空襲で焼け出されたが、戦後ほどなく現在の四階建てのビルに建て直されている。奥行きのある十坪ほどの一階店舗の入り口には、横腹に屋号を書いた何台もの運送車が停まり、開け放たれた硝子戸ごしに何人かの女店員さんと事務員さんが働いているのが見えた。四方の棚には「初紅葉」のラベルを貼った大小の酒ビンが所せましと置かれている。私が入ってゆくと、奥のほうから小柄だが肩幅のがっちりした体格の原田茂さんが出てこられた。

茂さんは、開戦直後の昭和十六年暮れに東京美術学校を繰り上げ卒業して翌年二月に応召、昭和十八年八月七日ソロモン諸島ニュージョージア島近海で二十四歳で戦死した原田新《あらた》さんの弟さんである。新さんは男四人、女三人の七人兄弟の長男、「初紅葉」の社長をつとめる次男の耕作さんは海軍兵学校の士官候補生として期待された人だったが、今は病気で長期療養中とのこと、もっぱら現在は四男の茂さんが専務として会社の切り盛りをしているのだそうである。私はあらかじめ茂さんあてに新さんの遺作を拝見させてもらいたい旨の手紙を差し上げていたので、その日朝から茂さんは、四階の奥の座敷にズラリと新さんの絵をならべて私を待っていてくださった。

原田新さんの絵は、ほとんどが自分の店で働く雇人や親族たち、あるいは徳山近郊の風景をモチイフにしたものだった。ぜんぶで二十点近くもあるだろうか、どれもがデッサンのしっかりした、いかにも東美生らしい几帳面な描写による作品である。なかには美校時代の課題授業で描いたのか、何点かの裸婦をえがいた習作もあった。大半の絵はきちんと上等な額椽に入れられ、保存状態もよく、戦後どれだけ茂さん兄弟はじめ遺族の人びとがこの絵を大切に守ってきたかがしのばれた。

妹さんをモデルにした油絵が二点あった。一点はおそらく新さんの自室で描いたものなのだろう、絵筆を入れた丸い瓶や花の絵を描いた額椽が置いてある部屋の片すみで、椅子にすわって本を読んでいる赤いワンピースの少女の絵だった。この絵だけはだいぶ破損がはげしく、そこかしこに絵具の剝落がみられて痛々しい。

「兄は帰省するたびにこうやって妹たちを描いていたようです。これは次女の悦子を描いたもので、兄本人も気に入っていたようなのですが、気づかぬうちにこんなに傷《いた》んでしまいました」

茂さんはいった。私はまだ行ったことがなかったが、現在徳山湾口の大津島にある人間魚雷「回天」記念館の理事をつとめられているという茂さんは、背筋をのばした男らしい野太い声で私に語られる。

そしてもう一点のほうは、まったく破損のない三十号ほどの油絵で、やはり椅子に腰かけた着物姿の少女をえがいた作品であった。絵の出来としてはこちらのほうがいいかもしれない。紺色に赤い花柄のまじった可愛らしい着物と、椅子のヒジのせの上で組んだ手の指の描写がなかなかいきとどいている。ここにも、あの頃の日本の家族にあった、兄と妹をむすぶつよい精神的な絆が表現されているように感じられる。

「こちらは長女の千枝子です。これは千枝子自身今も大事にして部屋に掛けている絵なんです」

茂さんは説明した。

と、そのとき、部屋の襖《ふすま》があいて一人の老婦人が入ってきた。それが次女の悦子さんだった。どことなく茂さんの身体つきに似ている小柄な女性で、年齢は六十半ばくらいになられると思われるのだが、さっき見た絵の中の、赤いワンピースの少女時代の面影がまだのこっている童顔の人である。悦子さんは茂さんのよこにすわられると、ときどきハンカチで口元をおさえながら、私に亡き兄新さんのことを語ってくださった。新さんが出征したとき、茂さんはまだ三歳だったが、もう娘だった次女の悦子さんにはじゅうぶんその記憶があるようであった。

「兄が絵を描きはじめたのは、中学時代に肺浸潤で休学していた頃で、絵の好きだった母親からすすめられたのがきっかけだったみたいです。母は絵のほかにも音楽などにも素養のあった人で、兄はその母に特別可愛がられていました。ふつうの母親とはちがって、煙草やお酒をのまないようでは立派な絵描きになれないからといって、父にないしょで兄に店の酒をすすめたりしていました。父は兄に酒屋を継いでもらいたいと考えていたらしく、最初は美校に入ることには反対でしたが、入学してからは兄のことを自慢して親戚に絵をあげたりしていたのをおぼえています。でも、兄が美校にすすんだのは、やはり徳山中学で仲のよかった久保さんの影響があったからだと思います」

「久保さん？」

私がたずねると、

「新とは一年遅れで美校に入学した久保克彦さんのことです」

よこから茂さんがいった。

「久保さんは兄よりもずっと優秀な人だったんですが、なぜか新といっしょには入学できず、一浪して翌年美校の工芸科図案部に入りました。二人は無二の親友で、学校にいるときはもちろん、帰省したときもいつも行動を共にしていました。共通の趣味だったクラシックのレコードを聴いたり、お酒をのんだり、二人して隣の光市や八代や室津の郊外までスケッチに出掛けたり……。でも、二人ともとても無口で、家にきてもいつもじっとだまってむかいあっているだけで、店の二階の部屋にいてもほとんど話し声がしなかったと両親がいっていました」

これは悦子さんの思い出だった。

私の手もとの資料では、久保克彦さんは原田新と同じ徳山市に生まれ、昭和十七年九月に東美を繰り上げ卒業、翌月応召して、同十九年七月十八日中国湖北省當陽縣附近で斥候《せっこう》中に狙撃され戦死している。今まで久保克彦の郷里が原田新と同じ徳山であることは、芸大からとりよせた当時の学籍簿からもわかっていたのだが、そのご親族の所在をいくらさがしても行方がつかめず、もう追跡をあきらめようかと思っていた矢先だった。それが、こうやって思いがけず原田家で久保さんについての情報が得られたのは幸せだった。茂さんの話では、光市にいた久保さんの親族はもうとうに他界していて、そこには遺作や遺品は一つもないそうだったが、たしか徳山中学（今の徳山高校）の図書室に久保克彦の描いた油彩画が一点預けられているはずだというのだ。もしそうだとすれば、徳山へきて原田新さんの遺作だけでなく久保さんの遺作まで手に入る可能性がでてくる。

それにしても、悦子さんも茂さんも兄の新さんのことよりも久保克彦さんのことになるとひどくおしゃべりになるのがふしぎだった。

「久保さんはだれに対してもとってもやさしい人でした。一足先に戦地へ行った兄のことをとても心配なさって、自分が出征する前の日にも私たちの家を訪ねてきてくれました。そのとき自作の鍛金《たんきん》の壺を置いていってくれたのですが、それがけっきょく久保さんの形見になってしまいました。久保さんは戦地でも、美校出の兵隊に何ができるのかといわれるのがくやしくて、人一倍軍務にはげんだそうです。やさしさの反面、そんな一本気な真っすぐなところが久保さんにはありましたから」

悦子さんはハンカチで口をおさえた。

「お父さんが荻原井泉水《せいせんすい》に師事していた俳人で、絵も描かれた人だったそうで、久保さんもその影響をうけていたんでしょうね。兄の新も久保さんと親しくなってからは、絵のほかに詩を書いたり哲学のような文章を書いたりしはじめたのですが、それもやっぱり久保さんから教わったことだと思います。とにかく、美校時代の二人はどこへゆくのもいっしょ、まるで双児の兄弟のようだといわれたくらいでした」

私は話を聞きながら、五十年も前のこの瀬戸内の小さな町でむすばれていた若い二人の画学生の友情を思った。

茂さんに見せてもらったアルバムにも、原田新の写真以上に久保さんの写真が多い。

悦子さんが語られていた思い出の一コマ、久保さんが出征直前に原田家を訪れてきたときの記念写真もある。なるほど茂さん、耕作さん、そして悦子さんとならんで立つ久保さんの前のテーブルの上には大きな立派な壺が置かれている。これが久保さんの形見となった鍛金の壺なのだろう。久保さんが出征したとき、長女の千枝子さんは東京のほうに住んでいたそうで、その記念写真にはうつっていない。もちろん、一足先に出征した原田新の姿もそこにはない。

写真だけでなく、原田家には久保さんが水彩でえがいた「自画像」もあった。新さんの戦死が知らされた後、両親と遺品を整理していたときにその中から出てきたという絵だった。牧師さんがかぶるようなグレーの帽子を頭にのせ、くわえ煙草でちょっと気取ったポーズの久保克彦の顔は、写真で見るよりずっとニヒルで好男子だった。原田新の遺品の中にどうして久保さんの「自画像」がもぐりこんでいたのかわからなかったが、その絵が新さんの絵と同じように原田家で大切に保存されてきたことはありがたかった。万一徳山高校に久保さんの遺作がなかったとしても、これで最低一点の久保作品を「無言館」にならべることができる。

私が久保さんの「自画像」に見入っていると、

「こんどのクボシマさんの美術館には、ぜひ新と久保さんの絵をならべて飾ってやって下さい。きっと二人もよろこぶと思います。私ら原田家の者にとっても、久保さんは忘れられない人でしたから」

茂さんはいった。

よこで、悦子さんもさかんにうなずかれていた。

「美校では久保さんは兄の後輩にあたるわけですが、じっさいには兄の絵の先輩であり人生の先輩でした。兄も久保さんを信頼し尊敬していました。出征したとき、二人とももう生きて還れないことは覚悟していたようです。そのせいか、戦争がはじまってからますます二人は仲良くなって、何かの拍子に兄が家にいないときでも、久保さんは一人でやってきて長い時間新の部屋でレコードを聴いたりしていました。それは何だか、他人をよせつけない二人だけの神聖な世界のようで、私たちも遠慮してお茶をもってゆくのもひかえていたほどなんです」

どうやら、原田新、久保克彦の間柄は、一心同体といってもいいほど濃密な深い友情でむすばれていたようである。今の時代にはない男同士の信頼関係だった。たぶん新の妹さんや茂さんたちも、この久保さんには身うちに対するのと同じような親愛の情を感じていたのだろう。家族同様全幅の信用をおいていたのだろう。いや、ことによったら悦子さんたちは、新さんが戦地へ発ったのち、友人久保克彦の姿に新さんの分身を見ようとしていたのかもしれない。生きて還る可能性の少ない兄の面影を、ほんのつかのま久保さんに重ねあわせることでさみしさをまぎらそうとしていたのかもしれない。その久保さんも、新が出征した昭和十七年二月から約八ヶ月後の秋末、最愛の友のあとを追うように外地へむかって戦死するのだが。

「では、これからトクタカ（徳山高校）のほうへ行ってみることにしましょう。久保さんの絵があるかもしれませんから」

茂さんは、ぼんやりしている私をせきたてるように立ちあがって、急ぎ足で階下へおりると、店の前に置いてある自動車にのった。トクタカまでは、原田酒店からは十分たらずで着くとのことであった。はたして茂さんがいうように、久保さんの絵は母校の徳山高校にあるのだろうか。

現在の徳山は、どちらかといえば工業の町である。昭和三十年代に海軍燃料廠跡に出光興産製作所が建設され、県下一の石油コンビナート都市になったことは有名だが、いろいろな公害問題をおこしたことでも知られている。しかし、徳山市街ぜんたいは道幅もひろくゆったり整備され、沿道の植込みも青々としげり、どこかのんびりとした表情をもつ町だった。当然のことだが、戦時中の空襲で壊滅的な被害をうけた名残りなどもうどこにもない。原田酒店から徳山高校にむかう県道ぞいは、下町的な駅前の商業地区とはちがった落ち着いたふんいきの住宅地がつづき、住宅にまじって新興の企業ビルの立派な建物もならんでいた。

しばらくすると、茂さんの自動車は、これも何年か前に新しく建て直されたという徳山高校の正門に横付けされた。

ありがたいことといわねばならなかった。

徳山高校の図書室には卒業生久保克彦さんの十号大の油絵がしっかりのこされていた。何年かまえ、奈良にいた久保さんのお姉さんから寄贈されたものだった。青黒いマチエルの上に白い石膏像と椅子、細長いビンやこまごまとした雑具が置かれ、それらが暗く沈んだ色彩の中にぼんやりと溶けこんでいるふしぎな具象画である。えらばれたモチイフといい、画面の構成といい、これまでの画学生の絵にはなかった系統の作品だった。あんまり似合ってはいないけれども、金箔入りの上等そうな額椽に入れられていて、画面に目立った損傷はない。学校としても、最大限大切に保存してきたという証拠だろう。以前は図書室の入り口附近に飾られていたのだが、いつ頃からか奥の保管室に仕舞いこまれたままになっているとのことだった。

その絵を見ているうちに思い出したのだが、たしか例の『祈りの画集』で紹介されていた久保さんの卒業制作の絵は（芸大資料館に買い上げられたそうだが）、海に軍艦がうかんで、空に戦闘機が飛来している勇壮な「戦闘画」だった。傾きかけた巨大な軍艦と、キリもみ状態で墜落してゆく飛行機の翼、灼けただれたような朱い空を背景に、まるで蝶がむれるように真っ青な海面めがけて舞いおちてゆく落下傘、そして、そこに描きこまれた何匹ものトンボ、鳥、魚……。写真で見ただけだったが、「世界崩壊の予感」と題されたあの印象的な作品は、戦時下に生きた人間だけにしかえがけない生き地獄の風景だった。「戦争」というものを不吉な空想物語の一ページのようにとらえた絵だった。それにくらべると、美校入学まもない頃に描かれたと思われるこの習作「静物」の、何と静かでおだやかなことだろう。若い青年らしい深い思索と瑞々《みずみず》しい筆触があふれて、そこには大仰《おおぎょう》な主張だとか気負いだとかいうものはみじんも感じられない。

これは生きて還ってきた戦友の話ですが、と茂さんは前置きして、

「久保さんは戦地ではまったく一言も口をきかなかったそうです。兄の新もそうだったでしょうが、たぶん久保さんは、あの戦争に人一倍の疑問と後悔の念をもって参加していたのでしょう。そうした不本意な戦争の中に身を置かなければならない自分が、何ともいえず情けなく腹立たしかったのでしょう。だから戦地で、久保さんは仲間とも一言も口をきかずにすごしたのだと思います」

そういった。

「考えてみればあの頃は、お国にさからってみてもどうしようもない時代でしたからねぇ。どんなに疑問や不満をもって抗議してみても、一個人の力では今の体制にかなうわけはないといったあきらめがありました。ですから、一言も口をきかずに軍務にはげむことぐらいが、せめてもの久保さんの抵抗だったんではないでしょうか」

「一言も物をいわない抵抗……ですか」

私にも何となく、そんな久保青年のツッパリぶりがわかる気がした。

私たちは徳山高校の校長先生や教頭先生ともお会いし、近日あらためてお訪ねするので、ぜひ「無言館」に同校所蔵の久保克彦氏の作品を預けてほしい旨を依頼して学校を出た。校長先生は、今までそんな絵が学校に収蔵されていたことを知らなかったらしく、最初は突然の来訪客の妙な申し出に少し戸惑ったような顔をされていたが、すぐに私たちの要望を理解してくださった。公立学校なので、いったん寄贈された備品を外に貸し出すのにはいろいろと面倒な手続きが必要なのかもしれない。帰りの車中、何だか茂さんと私の二人は、まるで久保さんの無口病がうつったみたいに、ずっとだまりこくったまま原田酒店までもどってきた。

昭和十八年八月七日、原田新さんの乗った輸送船は、ニューギニアにむかう途中ニユージョージア沖で米軍機の攻撃をうけて爆沈している。徳山の生家に戦死公報がとどいたのはその三ケ月後だった。自分が死んだらお経の代りにこれをかけてくれと原田さんがいいのこしていったベートーヴェン、メンデルスゾーン、チャイコフスキーのヴァイオリン・コンチェルトのレコードが一日中原田家に響きつづけ、父や母は朝まで泣きあかしたという。幼かった茂さんにその記憶はほとんどないが、後年何どもそのことを父や母から聞かされてそだったそうだ。

　その後を追うようにして、約一年後の昭和十九年七月十八日、ニュージョージア沖とは何百海里もはなれた遠い中国湖北省の當陽縣清湲河というところで久保克彦さんも戦死する。斥候中に敵軍に狙撃されて死んだということだが、くわしい状況はわからない。人一倍軍務に忠実に励みながら、しかしついに一言も戦場で口をきかぬまま逝《い》った画学生久保克彦の胸中にあったものは何だったのだろうか。勇壮果敢な画面のどこかに、あの戦争の虚しさと人間の営みの愚かさとをぬりこめた卒業制作の大作「世界崩壊の予感」、何気ない画室の一隅の風景をとらえた心おだやかな美校入学時の習作の「静物」――そのどちらに、久保さんがもとめる真実の絵の世界があったのだろうか。

　原田家にもどってくると、そこには悦子さんの他に長女の千枝子さんも姿をみせられていた。千枝子さんは悦子さんよりちょっと大柄なかたで、襟《えり》に刺繍《ししゅう》のあるしゃれたブラウスを着て、眼鏡の奥のやさしい眼は茂さんにも悦子さんにも通じるものだった。現在はこの徳山の生家近くに一人で住まわれているとのことで、私が来訪したのを知ってあわてて用件をすませて駆けつけたのだとおっしゃった。千枝子さんは風呂敷につつんだ二、三点の絵、古いアルバムを何冊か持参されていた。

風呂敷の中味は新さんの作品ではなく、やはり久保さんの絵で、美校在学中に千枝子さんのために描いたという服飾デザインの下絵がでてきた。下絵にはどれもビニール加工がしてあって、一つ一つていねいに薄紙にくるまれていた。今ならスチュワーデスさんかレストランの女給仕さんでも着るような、しゃれた洋装のデザインに美しい彩色がほどこしてある。昔の婦人雑誌の口絵にでてきそうな絵だったが、当時としては、かなり都会的でハイカラな意匠だったのではなかろうか。それにしても、久保さんの多才ぶりには感心させられた。

「久保さんは原田の家にくるたびに、新しいデザインができたからって、こうした絵をたくさんもってきて下さいました。戦前のことですから、どれもすぐ洋服にすることはできなかったのですが、娘の私にはそれがとっても待ち遠しかったことをおぼえています」

千枝子さんはいって、

「今でも、私、洋服をつくるときには久保さんからいただいたこのデザインを参考にして仕立てているんですよ」

うれしそうにわらった。

服飾といえば、原田新さんも東美在学中に恋心を抱いていた女性（モデルをつとめてくれていた人らしい）に洋装店をもたせたいと考えたときがあって、ある日千枝子さんに、そうした店を出すのにはいくらぐらい金がかかるのだろうなどと質問したことがあるそうだ。けっきょくそれは実現しなかったが、今考えると、あれも久保さんの進言があってのことだったのかもしれませんねぇと、千枝子さんはいった。

私はふたたび、あの時代の原田家にあった長男新を中心にした兄弟姉妹たちの、親愛の同心円とでもいっていいような淡く清らかな青春模様を想像した。兄の新にふかい影響をあたえ、終生その尊敬の対象だった美校の後輩久保克彦。いつも寡黙で、煙草の煙をくゆらせながら静かに遠くを見つめていた久保克彦。その久保が徳山に帰省して原田の家を訪れるたびに、兄弟姉妹のあいだには何ともいえない心のさざめきがおこったのだ。それは兄弟それぞれがあの暗い時代の片すみで燃やしていた、亡き兄の友人久保への愛の炎であり、思慕であり、ひそかなあこがれであった。若き日の恋歌であった。そして、そうした原田家の人びとが共有していたなつかしい交歓の思い出は、五十年の月日をへた今も、少しも変わらぬつややかな光をたたえてそこに在るのだ。

原田酒店をあとにして大通りの交叉点まで出てきたときだった。

クボシマさん、と背後からよぶ声がするのでふりむくと、千枝子さんが小走りに追ってきた。

「一つだけ、私、いい忘れたことがありますの」

息をはずませながら千枝子さんがいう。

「じつは……こんな歳になって恥ずかしいことなんですけれど、私、今でもとっても気がかりなことがあるんです……」

「気がかりなこと?」

「はい……久保さんは出征されるとき、私に対してある告白をされてゆかれたのです。まだ歳ゆかぬ小娘だった私は、そのときは大して心を動かされず、いいかげんな答えをして久保さんを傷つけてしまったような気がします。もしあのとき、久保さんの心を真正面からうけとめていれば、久保さんだって戦地であんなにさみしく最期を迎えることはなかったのではないかと思うんです。私……それがせつなくて」

私の聞きちがいでなければ、たしかに千枝子さんはそんな意味のことをいわれたように思う。徳山駅のアーケード街にむかう交叉点で、信号がかわるあいだに千枝子さんはいくども鼻をすすりあげていた。まだ春にはいくぶん間があったが、瀬戸内の明るい陽光が舗道に白くふりそそいでいた。私はもう何分かあとの東京行の新幹線にのらなければならなかったので、気がせいていたのだが、ならんであるく千枝子さんの歩調にあわせて精いっぱいゆっくりとあるいた。

「久保さんには本当に申し訳ないと思っているんです……」

駅前でわかれるまで、千枝子さんは何どもそうくりかえしていた。

「本当に、本当にすまないことをしたと思っているんです」

それは、ふさがりきらない五十年前の青春の傷ぐちを、まるで愛しむかのように、そっと指の先で撫《な》でてでもいるような千枝子さんの口調だった。

16

横浜市東戸塚。

戸塚駅前から循環バスにのって十五分ぐらい、秋葉三叉路の停留所近くにある町内会館が「前田美千雄・戦地からのハガキ絵展」の会場だった。「ハガキ絵展」というだけあって、十坪ほどのせまい板貼りの会場は、戦時中に前田美千雄さんが妻絹子さんにあてた軍事郵便や手紙などで埋めつくされ、なかには水彩画やスケッチの絵も何点か出品されていた。会場の飾りつけや作品選びはすべて絹子さんの友人たち、町内の有志たちのボランティアで行われたと聞いていたが、数百枚ものハガキが配達年月ごとにきちんとまとめて展示されていて、日中戦争の頃から太平洋戦争の激化にいたるまでの数年間の前田さんの戦地での生活が一目でわかるような趣向になっていた。

会場では、受付のテーブルに二、三人の主婦ふうな人がすわり、客人の接待のためにいそがしくお茶を淹《い》れている中年女性の姿もあった。

会場入り口まで私を出迎えられた高澤（旧姓前田）絹子さんが、

「みなさんが親身になってくださいましてねぇ……こんなにりっぱな展覧会をひらけるなんて、前田もさぞ草葉の陰でよろこんでいることと思います」

ちょっと眼をうるませていった。

じつは、高澤絹子さんは前夫美千雄さんのハガキ絵展を、二年前にも戦後五十年を記念して緑園都市《りょくえんとし》駅の構内ギャラリーでひらかれたことがあるそうで、今回の秋葉町内会館でひらいたのが二どめの展覧会ということだった。

「緑園都市の駅でひらいた展覧会が、とってもみなさんに好評で、ぜひまたひらいてほしいというかたがいらっしゃいまして……それで、今回もういちどということになったんです」

本当にみなさんが熱心だからできたことなんですよ、私がやりたいっていったわけじゃないんですから、と絹子さんは手をふった。

前田美千雄は大正三年神戸の素封家《そほうか》のもとに生まれたが、昭和十二年三月に東京美術学校の日本画科を卒業し、一時日本橋三越の美術考案部に勤務、翌十三年一月甲種合格して現役兵として徴兵された。その後一年の教育期間をへて、昭和十四年から十七年まで中支を転戦、いったん召集解除となって十八年一月に帰還する。出征前に親のすすめで婚約し、五年間ずっと美千雄の帰りを待ちわびていたいとこ同士の絹子さんと結婚したのはその頃で、翌十九年一月に再召集されるまで束の間の新婚生活をおくる。召集後は金沢の部隊に配属されて同地に駐屯、四月末に金沢を出発して、五月初めにフィリピンのルソン島マニラに上陸するのだが、その頃からしだいに米軍の反攻がはげしくなり、敗戦直前の昭和二十年八月五日、犠牲者五十万人ともいわれたルソン島東北部の激戦地において戦死するのである。

秋葉町内会館の「ハガキ絵展」にならべられた美千雄の絹子あてのハガキは、婚約時代に中国の前線から寄越した約百七十通、結婚後再召集をうけて内地金沢に駐屯していた頃の約二百通、その後出兵したフィリピンからの約百五十通のうちから、三分の二にあたる三百通前後をえらんだもので、その一つ一つが美千雄の絹子にあてた熱烈なラヴレターであると同時に、その当時の戦場での暮しをつたえる貴重な「戦中絵日記」の役割をはたしている。

たとえば、これはまだ戦況がそれほど悪化していなかった昭和十九年夏頃、フィリピンから送られてきたハガキの一枚だが、

マンゴーも南国独特の果物、上陸以来三つ目を食べたところだ。味はと言はれても

一寸説明しにくいが、一種の香気があって、中々あまったるく、食ったあと強い甘味のために手がべた〳〵して仕様がない程だ。でもうまいことは実にうまい。日本の果物の味のやうに、あっさりしてゐるのでなく、やはり何となく、しつこいので、あんまり食ひすぎれば倦《あ》きるかも知れないが、一寸《ちよつと》バカにならぬ程の高値なので、倦きる程食ふなんてわけにはゆかない。

などといった至極呑気な軍隊暮しの一端が披露されている。ハガキの上半分には、大きな南国果実マンゴーを頬ばっている軍服姿の美千雄が描かれ、その下には日付とサインが入れてあり、かなり達者な線と色づかいの水彩デッサンである。前田美千雄の場合は、東美を卒業後しばらく三越の美術考案部につとめていた経験もあり、そのときはもはや画学生というより半プロの画家といったほうが正確だったかもしれない。また、ときには絹子さんのほうからも戦地に返信を出していたらしく、美千雄の便りの中にはこんなユーモラスな文章つきスケッチもある。

これは僕のうしろ姿なんだが、それはさうと一体まぁこの長い手紙は誰から来た手紙なんだらうか？　実に物すげえ長さだ。いくら長くても大きな文字で書いてあれば、この位《くらい》大したこともないが、何とこれが細い細いペン字で端から端までぎっしり書かれてあるんだからてえしたもんだよ。窓ぎわで読んでゐたら何時《いつ》の間にか端が伸びていって風に吹かれて部や《（ママ）》の反対側の板にまで届いてしまった。お前の愛はどこまで深いのかと思っていたら、これじゃ深いだけでなく長いのか——とつけ加へなければならなくなってしまった。丁度手紙が伸びきったところへ当番氏が入ってきたが、彼はこの様を見て果して何と思ったであらうか？　僕、想像するに——『うちの隊長はよほど奥さんに惚れてゐるらしいがオクサンも中々どうして？　こんなに手紙よこす位《くらい》だものダア』——となったかどうかは知らないが、とにかく僕にしてみれば、うれしいやら恥ずかしいやら、好きなオクサン持つと何から何まで得するヨ、ハ……

　文面の通り、スケッチには絹子さんからの長い長い手紙を読む美千雄の姿が漫画風なタッチでえがかれている。軍装を解き、下着のような白いシャツとズボンで椅子に腰かけ、いかにもくつろいだふんいきで便りに読みふけっている美千雄。早描きの線が生き生きとしていて、ほんの僅かな休息時間をぬって手ばやく描いた絵であることがすぐにわかる。きびしい軍事教練のあいまに、こうした人間的な光景が見られるのも当時の軍隊生活だったのだろう。ここには、いつ戦線に送り出され死地に赴くかもわからない非常時の緊張など少しもない、どこまでも平穏で、のんびりとした従軍中の前田美千雄の生活風景がつたわってくる。

「今読むと、何だか恥ずかしいくらい二人とも若かったんだなと思いますよ。私も前田から送られてくる手紙を、何ども何ども読み返して帰りを待っていました。前田のほうもそうだったと思います。たまに何日か、手紙のやりとりが途絶えたりすると、あ、隊が変わったんじゃないか、もっと危険なところに配属になったんじゃないかって、そりゃ、心配で心配で眠れませんでした」

今年七十六歳の絹子さんは童女のような顔をほころばせてそういう。

昭和十七年暮れに中支の戦線から帰ったあと、美千雄は何日間か青森県弘前市内の宿に滞在して除隊許可を待っていたときがあったが、その頃のハガキにはこんなふうな文面もある。当時絹子さんは神戸の実家に住んでいて、ただひたすら美千雄の帰りを待っていた。

書類の連絡が思ふやうに行かず、未《ま》だ具体的のことが書き送れないのは残念です。予定より少し永びき東京での文展も見逃したことも又残念ですが、何《いず》れも致し方ないことです。

毎日旅館の八畳間の天地に煙草の煙に巻かれ乍《なが》ら色々考へ続けてゐますが生活やら雑事にわざわいされぬ今の環境は中々得難いものであると解釈して戦地での不勉強を少しでも取り返さんと心には思ひつつも結局はやはりどうも……と言って置いた方が無難のやうです。

もう一つのハガキには、

紅葉《もみじ》散り果てては人も来ずなりぬ

今しがたありしもみち葉　其処《そこ》に無く

弘前はもうすっかり紅葉も散ってしまって如何にも冬らしくなりましたが関西方面はどんな模様でせうか？

尚、先日の数々のハガキ、よくも考へないで書いて出してしまって　しまった　とも思ってゐます。あとから直したく思っても郵便は待ってくれないものです。このことは何れあとで。

そんな文面が読める。

どちらも、時間をもてあまし所在なげな前田中尉（戦車隊の小隊長に任命されていた）の「弘前日記」の一ページだが、文章のおくに一寸先も知れぬ時局へのぼんやりとした不安のようなものがただよって感じられるのは気のせいだろうか。たとえいったん兵役解除になっても、それがけっして永遠の安息を約束するものではないことを美千雄はどこかで知っていたのだろう。

それにしても、前田美千雄の絹子さんにあてたハガキの量の何と膨大なことよ。ざっと数えて五百通余、そこには戦地でみた自然風景、出会った人物、営舎で寝起きする戦友たち、身辺スケッチ、美千雄の興味をひいたありとあらゆるものが描きつづられている。まるで憑かれたように美千雄は絹子にハガキ絵を描き送った。しかもそれを一枚も欠かすことなく、五十年もの間ずっと守りつづけてきたという絹子さんの愛情の持続にもうたれる。絹子さんは戦後だいぶしてから高澤姓のご主人のもとに嫁がれていて、先年そのご主人は他界した。あまりその間のことを絹子さんはくわしく語られないが、そうした再婚生活の中で前夫のハガキを肌身離さず保管しつづけるというのはさぞ気がひけたことだろう。あるいは絹子さんのことだから、ご主人公認（?）の隠しごとだったのかもしれぬ。それほど絹子さんにとって、あの戦時下にすごした美千雄との日々は忘れがたい幸福な思い出だったようなのだ。

　それと、「ハガキ絵展」を見て気がついたのは、絵という表現手段のもつ明快さとストレートさである。知られていることだが、あの頃の軍事郵便はきびしい検閲をうけた。どれほど家族や愛しいわが子の顔をみたいと思っても、そんな女々《めめ》しいことを書くことは一切ゆるされなかった。身体強健、勇気リンリン、お国のため天皇陛下のため精いっぱい働いてますという元気のいい内容しかパスしなかった。やりきれない厭戦《えんせん》気分におそわれても、祖国に帰りたいと願っても、そうした本音を一行でも書くことはタブーだったのである。

　ところが、絵だけはちがった。文章とちがって絵だけは、愛しい妻を描いても可愛いわが子を描いてもとがめられることはめったになかった。絵には人それぞれの多岐にわたる解釈が成り立ち、それらはすべて描く者と見る者とをむすぶきわめて個人的な感情の交歓であったからだろう。絵という表現のもつ強さ、したたかさをつくづく思うのである。

　絹子さんはこういう。

「くやしいのは、二どめに戦争にいったフィリピンから送ったハガキが、輸送船が沈没してとうとうとどかなかったことです。フィリピンからは百三十二通のハガキがとどいたんですけれど、その他の五十何通かは海の底に沈んじゃったんです。けっきょく、最後にとどいたのは昭和十九年十二月八日のこのハガキでした」

一通だけ会場には展示せず、別の封筒に入れて仕舞ってあったハガキを見せてもらうと、それは雨の中をあるく髪の長い現地女性の後ろ姿の絵だった。左のすみに「雨季・十二月八日」としるされているだけで、いつものように絹子さんにあてた文章は一行もない。この異国の雨の日のスケッチは、もはや戦況悪化のために帰還すること叶わなくなった前田美千雄中尉の意気消沈をあらわしたものだろうか。それとも、小雨にうたれてさみしくあるく同年齢の女性に、祖国で自分を待っている絹子さんの面影をかさねたものだったろうか。

帰り時間がせまって、秋葉町内会館の「ハガキ絵展」の会場を出るとき、私はおそるおそる前田美千雄の遺作を「無言館」に預けてくれるよう絹子さんにおねがいしてみたが、

「町内の人たちが、このハガキは一冊の本にまとめたほうがいいっていうんですよ。小さな遺作集のようなものにしたほうがいいってね……みなさんがああおっしゃってくれるんで、私、今知り合いに頼んで写真に撮ってもらっているところなんです。ですから、そちらへお渡しするのはそのあとでもよろしいでしょうか」

絹子さんはいった。

「ほんの少しなら、こんなことのためにとっておいた貯金もありますし……足りない分の費用は何とかするっていう神戸の親戚もいるんです……」

私もその案には賛成だった。この五百通におよぶ戦地からのハガキ絵にとっては、それのほうが何倍も幸せであるように思えた。小さな遺作集になるというならそれもいいだろう。半分は絹子さんの人柄もあるのだろうけれど、こうやって市井に暮すオバサンたちの力添えによって、五十年前の前田美千雄のハガキ群が一冊にまとめられるという話には心がぬくもった。だいいち、ハガキ絵を「無言館」に飾っても、この町内会館でひらかれた展覧会ほどあたたかいふんいきをつくりだせる自信はない。

私は最初は、こんなものをって遠慮したんですけどね、みなさんがやさしくすすめてくれるもんだから、ついつい甘えてそんな気になったんですよ。私のほうからいったわけじゃないんですよ、ほんとうに、と絹子さんはまた照れ臭そうに手をふった。

17

高澤絹子さんよりも一回りも二回りも大きいスケールで遺作集を刊行し、故人の展覧会を実現したのは新潟市生まれの金子孝信という画学生のご遺族だった。

金子家は新潟市内の蒲原《かんばら》神社の宮司《ぐうじ》をつとめる由緒ある家柄で、父親も同神社の宮司職にあった。孝信は地元の村上中学を卒業後、川端画学校をへて東京美術学校日本画科を受験するが失敗、じっさいに入学をはたしたのは翌昭和十年春、二十歳のときである。在学中は結城素明《ゆうきそめい》、川崎小虎《しょうこ》、川合玉堂《ぎょくどう》といった当代の俊才に手ほどきをうけ、素明が主宰する日本画展「大日展」にも出品、やがて東美を首席で卒業し、卒業制作の「季節の客」は同校の買い上げ作品となった。しかし、卒業した昭和十五年の十二月十日、現役兵として新発田《しばた》の東部二三部隊への入隊を余儀なくされる。

出征の日の朝まで、アトリエで天《あま》の岩戸を開けようとする手力男命《たぢからおのみこと》を題材にした大作を描きつづけていて、見送りにそこを訪れた友人に、

「これは自分の最期の作品……」

とつぶやき、

「天地発祥のもとである天の岩戸に自分は帰ってゆくんだよ」

と自嘲的に語ったという。

その大作「天ノ安河原」は翌昭和十六年五月の大日展に出品されるが、その頃すでに戦線の緊張によって孝信は中国に送られ、幹部候補生として集合教育をうけていた。九月、いったん部隊をはなれ仙台の予備士官学校に入学、翌昭和十七年三月に同校を卒業して中支宜昌の部隊に復帰するが、その年の五月二十七日、折しも敗色の濃かった宜昌の前線で、小隊長として部隊を指揮中に敵弾をあびて戦死するのである。

金子孝信の戦死ぶりは勇壮だったそうだ。

孝信の死を報告する兄康隆への村井大助部隊長の手紙が今ものこっていて、そこには金子孝信小隊長の最期の勇姿がこんなふうにつづられている。

……当時饅頭《まんじゆう》山の主力並面に於《おい》て、百余の敵がその左脚附近に足場を占めあるを発見し、再び重機、軽機を以《もつ》て敵の側面及背後より火力急襲を浴せ、逃場を失ひ狼狽する敵に多大の損害を与って潰乱せしめど、連続山の前面双子山附近にありし敵は此状況を知り、陣地に対し軽機関銃を以て一斉に射撃し来り、折柄《おりから》指揮中の小隊長の身辺をかすめ申せど、小隊長は更に之を意に介せず、残敵に対する射撃指揮中、再び双子山附近より飛来せる敵の一弾は惜くも孝信君の左胸部を貫通致せしも、豪胆なる小隊長は一度倒れたるも再度軍刀を杖に起上り、双子山に射撃開始を命じつつ午前十時三十分、陣頭に斃《たお》れ壮烈なる戦死を遂げられ申せし、忠誠は千載に亘《わた》り赫々《かくかく》たる光彩を放つべくと存じ、固《もと》より忠を念として忠に殪《たお》れ義に志して義に殉ぜられたる本人としては、武人の本懐として悦んで瞑目せられたる事と確信致しながら、遠く故郷に於て朝夕共武運長久を祈念し居られし御両親皆に際し、御心情を拝察する時……

私はこれまで二どほど蒲原神社の金子家を訪れたが（孝信さんの遺作は大作が多く運搬を二どにわけたためだった）、孝信さんの絵を見るたびにこの戦死のときの状況を頭に思いうかべた。あの頃の画学生は（画学生ばかりとはかぎらなかったろうが）、学業が優秀な者であればあるほど軍務にも忠実であった。絵を描くことに一生懸命だった学生ほど、やはり戦地で戦うことにも全身全霊をかたむけた。融通がきかないといってしまえばそれまでだったが、一本の線、一塗りの色彩に我をわすれて絵筆をふるうのと同じように、孝信さんはまっしぐらに敵軍をめがけて斬りこんだのである。

現在蒲原神社の宮司をつとめ、神社の地つづきの場所で内科小児科医院の院長なさっている孝信さんの甥（長兄の子）の金子隆弘さんの記憶によると、孝信さんは出征直前まで絵の仕事に追われていて、昭和十五年十二月の入営の日が決まってからも、長潟の諏訪神社から奉額の依頼をうけてその制作に没頭していたという。奉額は伊那佐の浜の国護りをテーマにしたもので、これは現在でも諏訪神社の拝殿に掲げてあるそうだが、大日展に出品した天の岩戸の手力男命《たぢからおのみこと》の絵といい、この伊那佐の浜の題材といい、孝信さんはよほど日本の伝承物語や天地生誕の神話に興味をもっていたのだろう。隆弘さんは今でも、出征が二、三日後にせまった送別会の日に、ふるまい酒で酔いつぶれた孝信さんが、それでも翌朝までにはちゃんと諏訪神社の奉額の絵を完成していた日のことをよくおぼえているという。

「出征の当日は、在郷軍人や町内の人、それに音楽隊などがたくさん玄関にあつまって見送りにきているのに、本人は軍服を着たまま何十枚と積まれた色紙にむかって絵を描いていました。あまりに注文が多くて描ききれず、とうとう描いてあげられなかった人には、かならず帰ってきたときに描くからといって旅発ってゆきました。けっきょく孝信叔父はそのまま帰ってこれなかったわけですから、今思っても、あれは悲しい思い出でした」

金子隆弘さんは遠い日の記憶をたぐりよせるようにそう語る。

「まだ子供だった私の眼にも、四六時中デッサンの鉛筆を動かしていた叔父の姿がはっきりのこっています。神社の拝殿は三十畳敷きもあって、ふつうの家の何倍も広さがありますから、孝信叔父は大作を描くときはたいていそこで描いていました。私や私の姉妹なども何回となくモデル役になりました。冬休みのときでしたか、一家して炬燵《こたつ》の中でトランプをやっている最中、片手間に翌日の神楽舞に使う白い扇に赤い日の丸を描きこんで、あっというまに四、五本を仕上げてしまったのにはびっくりしました。とにかく孝信叔父は、絵描きになるためにこの世に生まれてきたような人でした」

話からうかんでくるのは、ただただ直情一途に絵を描くことしか知らずに生きた一人の画学徒の姿である。あたかも、自分にのこされた余命の時間のすべてをそれにそそぎこむかのように、ひたすら画布にむかっていた青年画家の姿である。その孝信さんが、戦地であれほどの勇壮な戦いを自らに課して死んでいったことを思うと何だかやりきれない気持ちになってくる。

どの戦没画学生のご遺族のところでも耳にする言葉だが、けっきょくあの時代は特、別だった、という結論にゆきつく。この戦争は聖戦であり、自分たちが戦って死なない以上けっして終わることはないだろうという醒めた確信。それはべつに、祖国への忠義、献身というものに対する美学でもなければ、自己犠牲への甘美な誘惑といったものでもなかった。あの時代の若者がだれでももっていたふしぎに冷静な、何もかもをあきらめきったふうな精神状況だった。だれ一人としてそこにある矛盾をうたがおうとはせず、ごく自然に不条理をうけいれたのだった。金子孝信だけではなく、あの頃出征した画学生たちのだれもがそうだった。かれらは躊躇《ちゅうちょ》なく絵筆を銃にかえ、絵を描くのと同じぐらいの情熱をふりしぼって敵と戦ったのだ。

「あの頃のお国にしてみれば、絵を描いたり詩を書いたりしている文系の学生は、虫ケラのような役立たずな存在でしたでしょうからねぇ。あの頃は、そうした弱い学生たちから順番に戦地に送り出されたんですよ。だからよけいに、美校生たちは人一倍兵隊として働いてやろうとしてがんばったんじゃないですかねぇ」

金子隆弘さんはつぶやくようにそういわれた。

孝信さんが戦死してまもない昭和十七年十一月、新潟市内の小林百貨店で「金子孝信遺作展」がひらかれた。そして戦後四十二年をへた昭和六十二年一月には、新潟市立美術館で「夭折《ようせつ》の画家たち」という展覧会が開催され、そこに孝信さんの遺作十六点および絵日記の原稿などが展示された。孝信さんを知るたくさんの友人知己や血縁者があつまって画集刊行委員会が結成され、美しい薄紫色の表紙の『金子孝信画集』が刊行されたのはその翌年のことで、それにつづいて平成六年九月、孝信さんが美校入学前の昭和九年から入学後の昭和十二年にかけて描きつづけていた絵日記を全五冊にまとめた『金子孝信の絵日記・ある戦没画家の青春』も刊行されることになった。

そもそも初めにこの戦没画学生金子孝信の消息を知らせてくださり、私が蒲原神社の金子家を訪問するたびにお世話になっている美術評論家の大倉宏さんは、かつて新潟市立美術館に在勤中に「夭折の画家たち」展を担当され、その後の遺作画集や絵日記の刊行にも精力的にたずさわってこられたかただが、その大倉宏さんは、

「金子孝信の画業は、たんに戦争で死んだ学生の絵という視点を外してもなかなかのものだと思います。夭折した画家に、もし長生きしていればという仮想の質問はナンセンスですけれど、金子孝信の場合だけはそう思いたくなるような画家です。惜しい絵描きだったと思います」

孝信さんの早逝《そうせい》を惜しんだ。

私も同じ思いだった。ことに金子孝信が在学中に描いていた「あさぼらけ」とか

「葉鶏頭」とかいう作品を見るとその才能の早熟さがしのばれた。「庭たずみ」や「秋の野の夕暮」といった一種抒情的で寓話的な絵にも画学生の習作とは思えない魅力があった。大倉さんならずとも、この画家を長生きさせ絵を描かせてやりたかったという思いをもつのは当然だった。

とりわけ大倉さんが推奨されているのは現在は東京芸大に収蔵されているという卒業制作の「季節の客」である。東京銀座あたりのモダンな洋装店の一隅だろうか、美しい婦人客二人が応対の女店員と仕立ての相談か何かをしている小景を描いた絵だが、これは東美を首席で卒業した孝信さんが在学中にのこした最も秀れた作品といわれている。いいかえれば、孝信さんの短い生涯における出世作であり代表作であるともいえる絵だろう。たしか、昭和六十二年の新潟市立美術館での「夭折の画家たち」展のポスターにもこの絵が使われていた。どこか洋画風な趣きのある、しかししっとりとしたいい日本画だと私も思う。

二どめに金子家をお訪ねしたときだったか、金子隆弘さん、大倉さんといっしょに金子さんゆきつけの新潟市内のしゃれたレストランで食事をよばれたが、そのときに金子さんは、

「とにかく孝信叔父の絵にとって、今回のクボシマさんからのお話は本当に幸せなこ

とだと思っているんですよ。あれほど一生懸命に絵を描いていた叔父ですからねぇ、一人でも多くの人に叔父の絵を見てもらいたいんです。私たち遺族がみなさんのご協力をえて叔父の遺作画集を出したり展覧会をひらいたりしたのも、ひとえにそれが目的だったのですから」

そうおっしゃった。

「孝信さんもきっとみなさんには感謝なさっているでしょう」

私がいうと、

「僕もそう思います。画家にとっては作品が自分の分身ですからねぇ。自分が死んでも、作品さえ生きのこってくれたらとねがっていると思うんです」

これは大倉さん。

たしかにその通りだろうと思った。画家には生身の生命とはべつに、もう一つ自らが生みだした作品の生命がある。自分の血肉をわけた分身ともいうべき作品がある。絵描きを志した人間ならだれでも、自分の生命が絶えたあとも作品が生きつづけてくれることを夢みているにちがいない。そういう点では、孝信さんの作品は孝信さんの死後りっぱに世に問われる機会をもったことになる。孝信さんの才能をみとめ人柄を愛する人びとの手によって、画集が編まれ展覧会がひらかれたのである。

しかし、何といっても金子孝信さんは幸せな境遇のほうだったと思う。これまで全国をあるいて出会った画学生のご遺族の中でも、孝信さんは経済的にも家族的にもめぐまれていた部類の人である。生家は新潟でも一、二という有名な神社であり、親兄弟の慈愛の中にはぐくまれ、在学時代は何一つ困ることのない富裕な生活をおくった。むろんお金だけでできることではなかったが、そうした孝信さんをとりかこむあたたかい人間関係や物質的な豊かさが、一冊の画集の誕生と、一つの展覧会の開催を手助けしたことは否定できない。たとえ周囲の人が協力したにしても、先だつものがなければ画集刊行や展覧会の実現など不可能なのである。

画集や展覧会だけでなく、画学生の遺作がちゃんと今まで保存されてきたかどうかも、その遺族が戦後たどった暮しぶりしだいということができるだろう。前にも少しのべたが、どんなに故人の遺作を大切にしようと思っても、ご遺族の中にはそれどころではない戦後を送った人びとがたくさんいる。家を焼け出され家財もうしない、自分たちが戦争直後の焼け跡から立ちなおることだけで精いっぱいだった人もいる。そういう人たちにとっては、とても戦死した親族の絵のことにまで思いをおよぼす余裕がなかったというのが本当のところだろう。戦死した画学生にも、いや画学生たちがのこした遺作にも、遺族たちがおくった戦後五十年の運、不運というものがあったのである。

市内のレストランで金子さんに中華料理をごちそうになったあと、私と大倉さんはべつの小さな酒場でひとときをすごした。そのときにあらためて戦没画学生金子孝信の画集が刊行された当時のことを大倉さんからお聞きした。

「あの頃はみなさん、とにかく孝信さんの絵を世に送り出したいという一念に燃えていましたよ。孝信さんの中学時代の同級生や戦友たちも相談にのって下さって、郵便で出資を募ったら、あっというまに予定額があつまったんです。ああいうことも生前の孝信さんの人望というか、絵に対するひたむきな姿勢のようなものから生まれたことなんでしょうね」

大倉さんはいわれた。

「戦後五十年、孝信さんを知るあらゆる人たちが一致団結して孝信さんの絵を守ったんです」

そういえば、昭和六十三年に刊行された『金子孝信画集』の中には大倉さんも一文を寄せられていて、その最後のほうに「生身の人間としてまみえることのなかった金子孝信だが、友情は生者と死者の間にも通いあう。たとえ二人が見知らぬ者同士であっても」という印象的な一行があったのを思い出す。血をわけた肉親がほとんど他界してしまっている現在、たしかに孝信さんを知る人は数少なくなっているけれど、たとえ本人を知らなくても作品を通じて友情を感じあえることだってあるのではないか、と大倉さんはいわれるのだ。

私はやはり、画学生金子孝信は悲運な戦死をとげたけれども、のこされた作品だけはたとえようなく幸福だったのではないかという気がした。

そのとき私は、同じ美校を首席で卒業した市瀬文夫という画学生のことを思い出していた。

市瀬文夫は大正三年に長野県飯田市の農家に生まれ、昭和十四年三月に東京美術学校を卒業し、一時和歌山県粉河中学校に教師として勤務したが、翌十五年九月に応召して中国をふりだしにニューギニアへと転戦、昭和十九年二月二十日そのニューギニア島のマダン島というところで戦死した。今は文夫の一人息子の和利氏が母親の出身地である岐阜県中津川市近くにお住まいで、私は二どほどその市瀬家をお訪ねしたことがある。

もちろん私の用件は、近く建設する予定の慰霊美術館に文夫さんの遺作をお預かりしたいというお願いだったのだが、和利さんは最初かたくなにそれを拒まれた。拒まれたというより、突然の話で心準備ができていないのでしばらく考えさせてくれとおっしゃるのだった。

和利さんは私と同年齢、昭和十六年に父の文夫さんが出征したあと生まれた子だった。幼い頃、母のふみゑさんから絵を教えられた時期があって、学校から帰ると絵具の溶き方から筆の使い方までむりやり習わされたという。どうやらふみゑさんは、戦死した夫がはたせなかった画家への夢を一人息子の和利さんに継がせようとしたらしかった。しかし、和利さんはまったくちがう理工系の道にすすまれ、現在は名古屋の某大手電気器具メーカーの幹部技師として活躍されている。ふみゑさんは文夫さんの戦死後しばらくして上原武一さんというかたと再婚し、一男一女をもうけたが、妻の前夫にあたる文夫さんの遺作をことのほか大切に保管していたのはその上原氏だった。上原氏はふみゑさんの死後も、まるでふみゑさんの形見でも守るように、市瀬文夫の絵や遺品を大事に整理し保存されてきた。そして、その上原氏が先年亡くなられたあと、ようやく和利さんに実父の遺作の「保護者」のバトンがわたされたというわけなのである。

「義父の上原が生きていた頃には、やはり父の絵は母と上原のものだという気がしていましてね。母が愛した父の絵は、やっぱり母が嫁いだ相手の人に守られるのが一番いいんじゃないかと思っていたんです」

和利さんはそういうふうに自分と父親の遺作との距離について語られていたが、その心情のウラにはちょっぴりふくざつな思いがあるようにも思われた。和利さんは和利さんで、母から義父の手へとうつった実父文夫さんの絵に対して、長いあいだ他人のような位置しかあたえられなかったさみしさを味わっていたのかもしれない。そしてそのことが、素直に私の「無言館」への作品寄託要請にイエスと答えられない心境を生みだしたのかもしれなかった。

何しろ和利さんにしてみたら、今がようやく訪れた父の絵といっしょに暮す蜜月の日々なのだった。自分の生まれる前に父がのこした絵、それは和利さんが生前の父のぬくもりを知る唯一の手がかりだった。顔も知らない父が、やっと手をのばせばふれることのできるところへきてくれたのだ。それを急に横合いから「預からせてくれ」などといわれたって、すぐさま応諾できないのは仕方のないことではないか。

だが、私が中津川の市瀬家を訪問して半月ほどすぎた頃だったろうか、和利さんは私の美術館へ電話をかけてきた。

「いやぁ、娘からこっぴどく叱られてしまいましてねぇ」

和利さんの声は、この前よりずいぶん明るかった。

「叱られたといいますと？」

私がきくと、

「そうなんですよ。娘の万理がぜひ父親の絵をそちらに預けろというんですよ」

和利さんは何だかうれしそうだった。

万理さんというのは市瀬家のご長女、たしか名古屋のほうの美大を出られて人形製作の仕事をされている娘さんで、今年二十四歳とお聞きしていた。和利さんの話では、その万理さんが「おじいちゃんの絵はたくさんの人に見てもらいたがっている。だからこのまま家の中においたままでは可哀想」といったそうなのである。

ワタシのように趣味半分で絵を描いている女の子だって、昨今はグループ展や個展をかんたんにひらける。そこには大勢の友だちや先生が見にきてくれる。場合によっては記念だからといって絵を買ってもらうことさえある。でも、戦争で死んだ若いおじいちゃんの絵は、いつも暗い家の納戸《なんど》の中に埃をかぶって仕舞いこまれたままだ。おじいちゃんだって、きっとあの絵をたくさんの人に見てもらいたくて描いたにちがいない。そうだとすれば、やっぱり暗い納戸から出してあげなくちゃ可哀想だと思う。

私は和利さんからその話を聞いたとき、思わず眼がうるんだ。万理さんの言葉は私の仕事の本質をつらぬいていたからだった。そうだ、そのことのために自分は全国の戦没画学生のご遺族宅の戸をたたいてあるいているのだ、と私は思った。

絵は鑑賞者を前にしてはじめて絵になる。画学生たちの絵だって同じだ。まして、好むと好まざるとにかかわらず戦地に駆り出されることを運命づけられていたかれらの絵は、自らの生の痕跡を他者につたえるただ一つの手だてだった。その作品を今生きる我々は闇に葬ってはならない。作品はそれを見てくれる人をもとめているのだから。私の建てようとしている「無言館」の役目は、そのこと一つにつきることを万理さんは教えてくれているのだった。

中津川の市瀬家へ市瀬文夫さんの遺作をとりに行った日、私と館員の池田、坂本両君は道にまよってだいぶ夜おそくなってしまったが、和利さん、万理さんが待っていてくれてトラックに絵を積みこむのを手伝ってくださった。中津川の家は母親ふみゐさんが上原氏と世帯をもっていた頃の家作で、和利さん一家は現在は隣の恵那《えな》市に住んでおられるのだが、文夫さんの遺作のほとんどは空家となったこの上原さんご夫妻の旧居に保管されているのであった。

何枚ものデッサンを重ねたすえにようやく完成したという卒業制作の「黒衣の婦人」、それに文夫さんが在学中意欲的に取り組んでいた群像シリーズのうちの「温室の前」、他にも美校を首席で卒業した文夫さんらしいアカデミックな技法を駆使した

「裸婦」や「風景」といったゆたかな色彩感の作品もあった。どれもが三十号から百号もある大作ばかりで、いくらか画面にカビがあることをのぞけば保存状態はよく、新聞紙や梱包紙できちんとくるまれている。作品一つ一つには題名と制作年の書いた紙が貼ってあった。ふみゑさん、上原武一氏、そして和利さんと、市瀬家の人々が代々この絵たちをだいじにしてきたしるしだろう。

と、やがてその中の一点「妻の像」（和利さんにとって母ふみゑさんの像）を運び出そうとしたとき、可愛らしいジーンズ姿の万理さんが、

「あ、このおばあちゃんの絵だけは父のところにのこしていってあげてください」

といった。

「この絵だけは、もう少し父のそばに置いておいてあげたいんです」

ふっくらとした丸い頬の万理さんの顔が、そのときだけちょっぴり紅潮したように見えた。

父娘そろいのジーンズのベストがよく似合う和利さんが、そばで照れたようにわらって立っている。どうも、和利さんは自分でいい出しにくいことを、娘の万理さんに代弁させている気配であった。

私はそんな和利さん父娘に軽いシ､ッ､ト､のようなものをおぼえた。何とさわやかな父

娘だろう。戦死した画学生市瀬文夫は和利さんにとっては顔もみたこともない父親だ。そして当然のことながら、孫の万理さんにとっても文夫さんは自分が生まれるずっと以前に死んだ若いおじいさんである。そのおじいさんの絵を、五十何年もの月日が経った今、父娘が意気投合して守ろうとしている姿がほほえましかった。まだ二十四歳の万理さんに、どれほど戦争というものに対する認識や実感があるのかはわからない。文夫さんの「戦死」に対してもどれだけ特別な意識があるのかわからない。おそらく万理さんの心奥には、祖父の文夫さんがのこした絵への愛情とはもっとべつの、その父親の顔も知らずにそだった自分の父和利さんへのいたわりがあるのではないかと思った。

「それじゃ、このお母さんの絵だけはお預かりするのをやめましょう。文夫さんもそのほうが安心するかもしれませんから……」

私たちは和利さん、万理さんにそういって、トラックのエンジンをかけ、中津川の高速インターの方向へゆっくりとハンドルを切った。

18

静岡県JR掛川《かけがわ》駅近くの高速道路下をくぐりぬけた小路の外れに曹洞宗の正法《しょうほう》寺という古刹があり、そこには桑原喜八郎さんの縦横三メートル以上におよぶ日本画の大作が保管されていた。正法寺はもともと桑原家の菩提寺で、戦後まもない頃から喜八郎さんの絵の中では一番大きなその作品が預けられていたのだそうだ。

桑原喜八郎さんは大正九年八月一日同地に生まれ、掛川中学を卒業後、昭和十五年四月に東京美術学校日本画科に入学している。しかし同十八年十二月に学徒出陣によって召集され、三島一五連隊から三重県鈴鹿第一三一部隊へと転属、軍隊では幹部候補生として教育をうけた。翌十九年七月に外地にむかい、諸戦地を転戦のすえやがて南方へ。

フィリピン近くの海で喜八郎さんの乗った輸送船は雷撃をうけて転覆、そのときは間一髪海にとびこんで九死に一生を得るが、漂流中に巡視船にひろいあげられてルソン島に上陸し、そこから残留部隊と合流してマレー半島に渡り、半島を汽車で北上、タイからビルマへとむかった。ビルマのシャン高原では、陸軍航空隊の写真班に所属し、喜八郎さんは銃弾の雨ふる中を写真器材を守るために必死に闘ったという。だが、戦況は日に日に悪化をたどり、ビルマ北部から南へと喜八郎さんの部隊は撤退、写真器材を積んだ三台のトラックに仲間と分乗して一路南下する。そしてその途中、イギリスの夜間戦闘機に襲撃されるのである。

喜八郎さんは二台目のトラックにのっていて、襲撃をうけたとき一歩逃げおくれた。トラックのホロのどこかに帯剣がはさまって動けなくなり、そこを十三ミリ機関砲弾に狙い撃ちされた。砲弾が貫通した左肩をおさえながら、車体の前を通って仲間が逃げたジャングルに走りこもうとしたところ、さらに小型爆弾が至近距離で爆発した。敵機の姿が消えたあと戦友が駆けつけると、喜八郎さんの右側の大腿部にはガス入りの弾丸の破片がいくつもつきささり、身体の半分を土に埋めるようにして倒れていたという。戦友たちの手で後方の兵站《へいたん》病院まで運んでいったが、翌日一言も発することなく息をひきとった。享年二十四。終戦の約半年前、昭和二十年二月七日のことだった。

こうした喜八郎さんの戦死にいたるまでのくわしい状況は、すべて弟の十四郎さんが戦後、戦友の家を一軒一軒訪ねあるいて聞き出したものである。自らも内地での兵役経験をもち、セブ島に出兵する寸前に輸送船が全滅して、辛うじて無傷で終戦を迎えることができたという十四郎さんだったが、仲の良かった兄の戦死は自分の生命を半分もぎとられたような深い悲しみだった。その悲しみの源流を、戦後何年もかけて十四郎さんは自らの足でたどった。行く先々で、兄の喜八郎が「勇猛果敢な責任感のつよい兵士だった」「頼りがいのある日本男児だった」と聞くたびに、十四郎さんはうちひしがれたような喪失感をかみしめて家路についた。

「兄は一本気な性格で、あたえられた任務には人の何倍も力をつくす男だったことはたしかです。でも、あの戦争にはやはりどこか批判的でした。本心をいえば、一日も早く帰って好きな絵を描きたかったんだろうと思います」

二どめに掛川のお宅をお訪ねしたとき、十四郎さんは一言一言をかみしめるようにそういわれた。

何でも喜八郎さんは美校時代、下宿に遊びに行った十四郎さんにむかって、

「おい、俺はゆうべいい夢をみたぞ」

といったことがあるそうだ。

十四郎さんが、

「何の夢？」

ときくと、

「ラジオの臨時ニュースで、本日をもちまして戦争は終わりましたっていうんだ。俺たちはもう兵隊にゆかないですむぞって、みんなで乾杯した夢をみたんだよ」

いかにもうれしそうに眼を細くして笑った顔を十四郎さんは忘れられないという。

桑原宅でみせてもらったアルバムには、出征直前に家族と撮った写真、美校在学中の学友とのスナップ、三島連隊時代に軍事教練をうけているときの喜八郎さんの勇姿が何枚も貼ってあった。教練中の写真には、のちに日展で活躍される花鳥画家の加倉井和夫氏や大山忠作氏の姿もあった。加倉井画伯、大山画伯は喜八郎さんとは美校で同期だったそうで、戦後になってから十四郎さんは喜八郎さんの絵をもって何ども加倉井画伯のアトリエを訪ね、軍隊時代の兄の思い出話を聞いて帰ってきたことがあるといっていた。加倉井さんも喜八郎兄の才能には一目おいていて、兄が本科三年の展覧会で賞をとったときのことはよくおぼえているといってましたよ、生きていれば、きっと喜八郎兄も加倉井さんのようないい絵を描く画家に大成していたと思うんですがねえ、と十四郎さんは眼をしばたたかせた。

アルバムの中に一枚、庭先で日の丸の旗をひろげて兄弟で立っている写真があった。

おそらく出征がせまったある日の記念写真なのだろう。十四郎さんはセーター姿だが、喜八郎さんは詰襟の学生服を着て美校のバッジのついた学帽をかぶっている。心なしか喜八郎さんの顔のほうが緊張しているように見えるけれど、眉のふといワンパクそうな眼鼻だちが、二人ともウリ二つで見分けがつかないほどだった。喜八郎さんが健在なら今年七十六歳、元気でいれば、やっぱり眼の前にいる十四郎さんのような風貌の人になって絵を描いているのだろうかと私は思った。

アルバムを見せてもらったあと、十四郎さんの軽トラックに先導してもらい、桑原宅から四、五分走ったところにある正法寺まで喜八郎さんの大作の日本画「人物習作」を見にいったが、残念だったのはその絵がかなり傷んでいたことだった。お寺のご住職の案内で、本堂のよこの小座敷の欄間に立てかけてあった絵の前に立つと、埃とカビをまぜあわせたような臭気がツンと鼻をついてきた。本堂全体がかなり湿気があるふうなので、ここに何十年も絵が置かれていたとすれば損傷がすすむのは当然かもしれなかった。眼をこらすと、画面の右半分には水滴でももたらしたようなシミの跡が幾すじも見える。

「まったく、こりゃ、相済まんことですなァ……」

温厚そうな正法寺住職はひたすら申し訳なさそうにお辞儀するばかりで、

「とにかく雨もりがひどくて……気づかんうちにこんなになってしまいましてなァ」

タメ息をつきながら桑原喜八郎さんの絵を見あげている。

「ワシもこんなにひどくなっているとは思いませんでした」

よこで腕組みしている十四郎さんも心配そうな顔をしていた。

しかし、作品の傷みはひどかったが、絵としては喜八郎さんの「人物習作」はなかなか見応えがあった。博物館の片すみでの光景だろうか、陳列ケースに飾られた埴輪人形と土偶の前に洋装と和装の女性二人が立っている絵である。和服と洋服の幾何学模様の柄が、どことなく日本画ばなれしたモダンな効果をあらわしている。大画面の構図なのに、すみずみにまで描き手の神経がゆきわたっている絵だった。さすがに同級生の加倉井和夫氏が舌をまいただけのことはある喜八郎さんの才能だと思った。それに、あの物資不足だった戦時中に、よくこれだけの大きな絵が描けたものだと思う。

「兄が美校にすすみたいといいだしたのは中学の終わり頃で、最初はもちろん父親は反対でした。親としては村の役場にでもつとめてもらいたいと考えていたようです。でも、祖父が絵や習い事に理解のある人で、兄が東京へでて川端画学校に入ってからはとても応援していました。美校に入ってこんな大きな絵が描けたのも、その祖父の援助が大きかったからじゃないかと思います。いつのまにか父親も、そんな兄の将来には期待を抱いていたようです。それだけに、兄の戦死が知らされたときには、家じゅうががっくりと力をおとしましてねぇ」

十四郎さんはいった。

「戦地では写真班でしたが、スケッチブックがないために、紙クズを中隊事務所からもらってきては絵を描いていたと同じ部隊の人がいっていましたよ。よほど絵を描きたかったんでしょう。それを思うと、ふびんでふびんで……」

語っているうちに肩がふるえ、写真の喜八郎さんそっくりの十四郎さんの顔がくしゃくしゃになった。

話を聞きながら、私はともかくこの「人物習作」の雨もり痕だけは早急に何とかせねばならないと思った。それが絵を預かる美術館屋の私の責任だ。十四郎さんによると、現在喜八郎さんの遺作の何点かは地元の市立美術館に寄贈されていて、ほとんど桑原家にはのこっておらず、この大作以外は小さなスケッチ類ぐらいなものであるとのことだった。東京へ帰ったら、すぐにトラックを手配してふたたび掛川の正法寺にやってこなければならない。

と、そのとき、いつのまに用意したのか、黒い袈裟《けさ》をつけて数珠《じゅず》を手にしたご住職が背後に立っていて、

「この際ですから、喜八郎さんの絵のご回向《えこう》をしときましょうかな。当寺としても、雨もりで喜八郎さんには申し訳ないことをしましたから」

そういった。

「そりゃ、ありがたいことですな。兄も、いや、兄の絵もさぞ喜ぶことでしょう」

十四郎さんがぺこりと頭を下げる。

私と十四郎さんは住職の後ろに神妙な顔で正坐することになった。

「……生を明らめ死を明らむるは仏家《ぶっけ》一大事の因縁なり、生死《しょうじ》の中に仏《ほとけ》あれば生死なし、但《ただし》生死即ち涅槃《ねはん》と心得て、生死として厭《いと》ふべきもなく……」

やがて、喜八郎さんの「人物習作」の前にすわった住職の読経と木魚の音が、それほど広くない仄暗い本堂の中にどこかユーモラスにひびきわたった。

雨もりといえば、数日前に訪れた長野県木曾郡の戦没画学生清水正道さんの作品の傷みも雨もりのしわざだったことを思い出す。

清水正道さんは地元では有名な病院の家に生まれ（お父さんは島崎藤村の小説「ある女の生涯」のモデルの名物医者だったそうだ）、昭和八年に木曾中学を卒業、二年浪人して東美の日本画科へ入学した画学生である。同十五年に東美を卒業したあと召集されるが、なぜか入営年月日ははっきりしていない。家族にもつげずにふらりと戦地に発ち、出征した先からは一ども便りがこなかった。昭和十九年二月二十四日にマーシャル諸島ブラウン島で戦死したという知らせが家族にとどき、次姉のご主人が空襲のはげしい中を福島県会津若松まで遺骨をうけとりに行ったが、白木の箱には一つまみの砂が半紙にくるまれて入っていただけだった。正道さんは六人兄弟姉妹の末っ子で、両親、長女、次女、長男、次男、三男はすでに亡くなり、今は長兄の娘さんである姪の節子さんが正道さんを知っている唯一の親族だった。

節子さんの記憶では、正道さんは学生時代からちょっと風変わりなところがあった青年で、いつも絵具箱を下げて何もいわずに写生旅行にでたりしていた。夏に帰省したときに、玄関口に白い袴《はかま》を着て立ったりりしい姿を今でもおぼえているという。当時中津川に住んでいた前田青邨《せいそん》の指導をうけたこともあり、青邨画伯からはことのほか眼をかけられていたようだった。ノイローゼにかかって一時期京都に転地療養していて、そこで舞妓さんに熱をあげて家に帰ってこなくなって家族を困らせたりしてました、と節子さんはほほえんだ。

その正道さんの絵はたった一点しかのこっていない。のちに明治村に移築されることになる大正建築の古びた清水医院の建物と、細い渡り廊下でむすばれた棟つづきにはりっぱな土蔵があって、戦後ずっと正道さんの遺作や遺品はそこに仕舞われていたのだが、何年か前の大雨ですっかりやられてしまった。蔵の四すみから大量の雨水がふきこんで、正道さんの和紙に描いた絵はほとんどぜんぶ水びたしとなり、今手もとにのこっているのは「婦人像」という五十号大の日本画一点になってしまったのである。家人としては安全第一と思って土蔵に仕舞いこんでいたことが裏目に出たのだ。

「あんまりだいじにしていたので、よけいこんなことになってしまったんですね。病院は戦災にも遭わずにのこっていたわけですから、何も土蔵に入れておかなくてもねぇ……亡くなった父親も、死ぬまぎわまで正道にはすまないことをしたといっていました」

節子さんも悔やんでも悔やみきれないといった表情をされていた。

そういう例は他にもあった。空襲下、遺作の絵や形見の品をかかえて防空壕に避難し、かえってそのために遺作を焼失させてしまった遺族もいたし、大切に思うがゆえに疎開先にまでもってゆき、転々とするうちになくしてしまったという例もあった。戦没画学生清水正道さんの絵の場合も、そんな不運なケースの一つだったろう。

たった一点雨もりをのがれた「婦人像」は、夏の着物姿の女性がうちわを片手に横坐りしている粋な絵である。丸壺に活けられた紫水仙ふうな花と、女性のブルーと白を基調にした着物の柄がすがすがしい、というより若々しい。一時期京都で療養していて、祇園《ぎおん》や色街には何どもあそびにいったことのある正道さんだったから、こうした日本情緒あふれる画題と接する機会も多かったのかもしれない。中津川の前田青邨画伯のアトリエに通っていたことがあるというが、いわれてみればこの作品も、どこかに青邨風な筆運びを感じさせる絵である。雨もりさえなければ、自由人で風流人だった正道さんのもっともっとたくさんの「美人画」を見ることができただろう。

それにしても、清水正道さんが出征日時も出征先も家人に知らせぬまま戦地に発ったというのはどういうわけだったのか。たまたま偶然そういうことになったのか、それともそこには正道さんの何らかの意志がはたらいていたのだろうか。

節子さんにその点をおたずねすると、

「まぁ、あの頃の正道さんはいつもふらっとスケッチの旅にでたりしてましたから……両親もいつ戦争に行ったのかわからなかったんじゃないでしょうかねぇ」

節子さん自身もちょっぴりフに落ちなそうな答えだった。

想像するしかないことだが、あの当時出征を強いられた若者のなかには、自らのそうした出征体験そのものを人生から抹消してしまいたいと考えていた者もいたにちがいない。戦争に行ったことも、戦場で銃をとったことも、その時代に生きていたことも、自分の人生には「無かったこと」にしておきたかった青年もいたにちがいない。それは、もはやあらがうことのできない宿命を受容しつつ、その受容の事実をも自らの人生から追放したいとねがった澄んだ欲望だった。清水正道がそうだとは一口には断言できないけれども、行き先も家人につげずにふらりと戦地に旅発ったその画学生の背に、やりきれないくらいの孤独の影を感じる。最後まで一人の画学徒として、何気ない一人の市井の旅行者としてふるまおうとした清水正道の、今わのきわまで抱きつづけていた初々しい矜持を思う。

「ことによったら正道さんは、戦争に行ったんじゃなくて、やっぱり本当にスケッチ旅行に行かれたのかもしれませんね」

私はそうつぶやいた。

19

あれはたしか、静岡県掛川の桑原十四郎さん宅か浜松の中村暁介さん宅からの帰りではなかったかと思う。私は思いたって東名高速道路を「磐田市」というインターチエンジでおりた。

静岡県磐田市は、幼い頃私を生父母から預かって養父母の窪島茂、はつ夫婦に手わたした山下義正《よしまさ》さんが眠っている墓のある土地だった。

山下義正さんは、当時杉並区和泉《いずみ》町にある明治大学法学部の予科に通っていた学生さんだった。明大和泉校舎前の甲州街道ぞいには窪島夫婦の営む学生下宿（小さな靴修理の店舗もかねていた）があって、山下さんはそこに寄宿していたが、戦争が始まって二、三年した頃、静香さんという女性と結婚して東中野のアパートに移った。そこで貧乏暮ししていた私の生父母と出会い、三歳になったばかりの幼な児の私を預かることになる。前にもいったように、貧しい出版社の編集者だった生父は半分アル中で家には帰ってこず、生母は生活費稼ぎのミシン内職に追われる毎日だった。おまけに生父は結核を患っていて、いつ自分の子に感染するやもしれないおそれがあった。子の将来を案じた夫婦は私を手ばなすことを決意し、山下義正さん、静香さんに相談する。山下さんは生父母から預かった私を、以前世話になった下宿の主人で靴修理職人をしていた窪島茂、はつ夫婦に手わたした。子供のいない窪島夫婦はよろこんで私を実子としてもらいうけたのだった。

だから、山下義正さんこそ、私にとっては現在にいたる自分の運命を決定づけた張本人であったといえるだろう。私が今ここにこうして「窪島誠一郎」として生きている根もとには、山下義正さんという人の存在があるのだった。

その山下義正さんが明治大学を昭和十八年に卒業し、まもなく学徒出陣でフィリピンへ出征、終戦まじかの昭和二十年七月十八日に二十七歳で戦死したことを知ったのは今から二十年前のことだった。それまでの私は養父母から自分の出生にまつわる事情を知らされておらず、ひたすら一人で親さがしの旅をつづけていた。幼年時代に疎開していた宮城県石巻の知己を訪ね、その人の証言から磐田市にある義正さんの生家をつきとめたのが昭和五十二年三十五歳の春、当時まだ義正さんのご両親は健在で、はるばる訪ねていった私をふしぎそうに見つめたものだった。なぜならその頃の私は、山下義正さんこそが自分の本当の父親であると信じこんでさがしあるいていたのだから。

ほう、人間いろいろな事情があるもんですなァ……しかし、私の息子の義正があなたの父親というのはどうも勘違いのようです。なぜなら義正と静香のあいだにはあの頃すでに小さな女の子が出来てましてなァ、それ以外に子供はいなかったことは、私も戦時中に何ども東中野の住まいを訪ねていますから保証できるのです。義正は出征するとき、すでに戦死を覚悟していたのか、自分にせめて後継ぎの男の子がいれば親爺を安心させられるのに、といっておりましたよ……もっとも、あなたのお父さんお母さんのことについては、妻の静香のほうがもっとくわしく知っているかもしれません。静香は戦後ずっと再婚もせずに同じ静岡の富士市に住んでおりますから、これからその足で訪ねてみたらいかがでしょうか。

その山下義正さんの父親義雄さんの新証言は、私にとってはたしかにショックにはちがいなかったが、けっきょくその言葉にみちびかれて富士市吉原の山下静香さんにお会いしたことが、のちの真実の親との対面のきっかけになったのだから感謝せねばならなかった。親さがしをはじめて二十年、私は幼い頃の自分を知っていた静香さんの話から、ついに瞼《まぶた》の裏にえがいていた生父母の名を知ることができたのである。事実は小説より奇なりというが、世の中にはふしぎなことがあればあるものだった。先にものべたが、私が生父である作家の水上勉氏と三十余年ぶりの再会をはたしたのは、それから約半年後の、戦後三十二回めの終戦記念日をむかえた昭和五十二年夏のことだった。

ただ、山下義正さんを自分の運命をつくった張本人といったけれども、それはやはりあの「戦争」という時代があっての人生ドラマだったと思う。あの頃は私だけでなく、そうやって親と子が離別を余儀なくされる話などあちこちにころがっていた。だれを恨んですむというものではなかった。生父母や養父母をあれほど苦しめた貧困や、生父の病苦、わが子を手ばなさなければならなかった決断のウラには、人間が人間らしく生きることさえゆるさなかった「戦争」というぬきさしならない時代の背景があったのだった。

たとえば山下義正さんという学生さんの一生だって、あの戦争下にほんろうされた青年の生涯にちがいなかった。静香さんと東中野に新世帯をもって、義正さんはさあこれからといったときに戦地にひっぱられた。昭和十八年十月、あの学徒出陣で雨の代々木を行進し、すでに戦火の禍にあったフィリピンの航空部隊に送り出され、そのまま帰ってくることができなかった。故郷磐田で帰還を待ちわびていた両親に、薄っぺらな半紙にかかれた義正さんの戦死公報がとどけられたのは、終戦から半年もすぎてのことだったそうだ。

私は生父との対面をはたした昭和五十二年八月末、お礼をのべるためにもういちど磐田市和口《わぐち》の山下義雄さんの家を訪ねたが、そのとき八十歳に近かった義雄さんがこう語っていたのを思い出した。

「親の口からいうのも何ですがなァ、義正は何ごとにも誠心誠意をつくす男でした。あなたの相談をお父さんお母さんからうけたとき、本当にあなたの将来を慮《おもんぱか》って窪島さんのところへ貰ってもらったんだと思います。きくところによると、あの頃は窪島さんもちゃんとした下宿屋と靴屋さんを営んでいたそうですし、学生結婚してすでに子供がいた自分たちが貰うより、そのほうが何倍もあなたの幸せになると考えたのでしょう。でも、そうしたことを戦争がぜんぶひっくりかえしてしまったんです。……窪島さんご夫婦も家を焼け出され、義正は出征、それっきり帰ってこれなかった。義正は明大を出てから小田原一色町の航空試験所に就職していましたから、きっと航空隊ではイの一番に前線にやられたんでしょうな。たとえそれが戦争であっても、誠心誠意つくすのが義正でしたから……でも、義正はきっと死ぬまぎわまで、自分の妻や娘のことはもちろん、窪島さんのところへやったあなたの幸せをねがいながら死んでいったと思いますよ。私の義正はそういう男でしたから……」

私はうちのめされたような気持ちでその話を聞いていた。

ＪＲ磐田駅を背にして東へはしる浅羽街道をしばらくゆき、やがて今ノ浦川の橋をわたって東新町をすぎたあたりが「鎌田」とよばれる小聚落《しゅうらく》で、舗装のとぎれた坂道を二、三回登り降りし、畑の真ん中にある温室ハウスのよこをぬけたところに山下家の墓のある寺はあった。私は途中の小さな空き地に自動車を寄せて寺の門をくぐった。山門には墨くろぐろと「曹洞宗護国院善久寺」という文字が読めた。

考えてみると、私が初めてここを訪れたのは親さがしで昭和五十二年の春に山下義雄さんの家を訪ねた帰りのことだったから、あれからもう二十年以上にもなる。ということは、自分が戦時中に離別していた生父母と再会してからそれだけの月日がながれたのだ。自分ももうそれだけ歳をとったのだな、と私は思った。

ウロおぼえの墓地の小みちをあるいてゆくと、山下家の墓石は善久寺の庫裡《くり》にほどちかい一番おくの一かくにあった。

墓碑は二基あって、一基は山下家之墓、もう一基には、

「護国院大融義正英霊居士」

という義正さんの戒名がしるされてあった。

ひっそりとした墓地内には人影はなく、あわい初夏の陽差しのあたる白御影の墓碑の頂きに、朱茶けた枯れ葉が一、二枚へばりついているだけだった。墓碑の横腹には、先年他界された妻静香さんの名も寄り添うようにきざまれていた。私は用意してきた白い菊の花を墓前の水差しに活け、ひざを折ってしばらく合掌した。

そしてふと、こうやって死んだ画学生たちの絵をつんだ自動車で墓参りにきている私を見たら、地下の山下義正さんはどんな顔をするだろうかと思った。二十年にわたる親さがしといい、若い時分からの絵あつめといい、早死にした無名画家の発掘といい、他人よりは何かとさがしものの多い、寄り道の多い私の人生だった。そんな自分が今また、義正さんが戦死した同じ太平洋戦争で亡くなった画学生の遺作をあつめる旅をしていることが何だかふしぎな因縁にも思えた。そんな画学生たちを慰霊するための美術館づくりに奔走しているときいたら、山下さんは何というだろうか。それは自分がしていることというより、戦死した義正さんや、戦争で苦労した養父母たちの魂が私にのりうつってそれをさせているのではないかという気さえするのだった。

20

磐田市から信州へ帰ってくると、久しぶりに野見山さんから手紙がきていた。
いつものの、雲がたなびくような、どこか軽快でリズミカルな万年筆文字で、

「絵のあつまりぐあいはどうかな？　二、三の新聞に支援お願いの原稿を書いた。世間の人は、あまり出来すぎた美談にはかえって用心ぶかいようで、いろいろこちらにも中傷めいた手紙がきている」

そんな言葉が書かれていた。先生の書く文字は、先生がえがくあの独特の抽象画のふんいきにとてもよく似ている。

二、三どころじゃなく、最近野見山さんがいそがしい仕事のあいまをぬって、あちこちの新聞や雑誌で「戦没画学生慰霊美術館建設支援のお願い」のよびかけをしてくださっていることは知っていた。どこの新聞でも先生は「レンガ一枚のご協力を」と切々と訴えられていた。活字だけでなく、いろいろなところから招かれる講演でも同じようによびかけてくれているらしい。その効果は絶大で、信州の村の郵便局の専用口座にはかなりの金額があつまりつつあった。募金をはじめてから半年後には一千万円を突破し、今や二千万円の大台にもせまろうとしている。海千山千の私なんかがよびかけるより、やっぱり東京芸大名誉教授（これをいうと先生はイヤがるのだが）の先生がよびかけると信用があるものだな、と私は思った。

おかげで地元銀行からの融資もほぼ決定しかけていた。何もかも支店長Yさんの後押しのおかげだった。先述したように、銀行のセオリーからいえば、建設地が市からの貸与であるため担保に入らぬことは大きなマイナス条件ではあったが、それだけ行政が「無言館」に協力的であるという証拠であるともいえるのだった。何といってもこれからは文化の時代だ、地元の銀行としてそれを応援しないわけにはゆかないではないか、というのがYさんの銀行上層部への説得理由であった。とにかく今後、全国からの応援金がどれだけあつまるかをみとどけたあと、それによって当行からの融資額を決定しましょう、とYさんはいってくださった。

しかし、

「世間の人は、あまり出来すぎた美談にはかえって用心ぶかいようで……」

という野見山さんの文には何となくひっかかった。これはどういう意味だろうか。

そういえばいつか、野見山さんが、

「案外同級生たちはつめたくてねぇ。これはノミヤマの売名行為じゃないかとか、クボシマという男と組んで一芝居しようとしているんじゃないかとかいわれちゃってねぇ……」

そんなことをいわれていたのを思いおこした。

たしかにそれはあるのだった。野見山さんは「美談にはかえって世間は用心する」といういいかたをされているが、私たちの「無言館」建設構想があまりにキレイゴトすぎるということはじじつだった。どこの画学生のご遺族をお訪ねしたときでも、まず第一に相手はそのことをいぶかしんだ。

たとえばあるご遺族は、亡くなった画学生の遺作を梱包紙にくるんでいる私にむかって、

「あのう……私たちはどれほどお金を用意すればいいんでしょうか」

いいにくそうにそうたずねた。

私が少し戸惑ったような口調で、

「いいえ、そうした心配は一切なさらないで下さい。美術館の建設費はもうメドがついていますし、作品の保存や修復のほうも何とかやってゆけそうですし……」

そう答えると、

「それじゃ、あまりに申し訳なさすぎます。私たちにも多少は負担させていただきませんと」

相手は困惑した表情になった。

遺族にしてみれば、それは当然の思いというものだったろう。何しろ五十数年間、見返られることのなかった戦死した親族の絵が、ようやく陽を浴びようとしているのだ。カビと埃にまみれた遠い血縁者の遺作が、手あつい加護をえて今や生まれかわろ

うとしている。しかも、それを預かる「無言館」は個人経営の美術館であるにもかかわらず、遺族には一銭も金品を要求しないというのだ。今どき、そんなウマイ話があっていいものだろうか。

これもあるご遺族からお聞きしたことだったが、戦後何回となく、ご遺族のもとにはいろいろな団体からの寄附金の申込みや署名の要請などがあったそうである。もちろんれっきとした反戦活動の団体や平和祈念のグループもあったが、なかにはいかがわしい営利目的の組織もまじっていて、戦死者を弔うためとか、記念館や記念碑を建てるためとかいっては金をせびられるのだった。そのたびに何ともいえずイヤな思いをしてきたご遺族は多いのだそうだ。そういう思い出したくない経験をもっている人びとにとって、今度の「無言館」の建設計画がどことなく胡散くさい、眉ツバの美談に聞こえるのは仕方のないことだった。

それに、野見山さんは東京美術学校時代の学友に「支援金」を無心して、ずいぶんつらい思いをされているようだが、そこにはどうも私という相棒の信用のなさも影響しているように思える。たしかに、私は野見山さんとコンビを組んで「無言館」建設に日夜邁進《まいしん》しているけれども、元をあかせば成りあがりの個人美術館主、ついせんだってまでは水商売の酒場経営や絵の売り買いで食べていた男だった。野見山さんの積年の夢をかなえるパートナーとしては、はなはだ心モトない人物といわねばならないだろう。野見山先生の学友たちが「ノミヤマ、あんな男と組んでだいじょうぶか？」と心配するのもむべなるかななのである。

私は、一生懸命自分を応援してくれている野見山さんが、そんな理由で「中傷めいた手紙」までうけとっているかと思うとせつなかった。

私はふたたび思った。

それでは、私たちが取り組んでいる「無言館」建設はそんなにキレイな美談なのであろうか。純粋で私心のない、ただ画学生たちの鎮魂のために己れをすてて取り組んでいる清らかな善行なのであろうか。

私はどうしてもそういう気持ちにはなれなかった。画学生の遺作を手ばなすご遺族に金品を要求したり見返りをもとめたりすることはなかったけれども、自分が遺族のもとからかけがえのない形見の品々を奪ってくるにふさわしい人間であるかといえばやはり自信がなかった。私の胸奥には相変わらずある種の「後ろめたさ」と「自信の無さ」が共存していた。それまで戦争のセの字も考えずに生きていた男が、あたかも戦場で亡くなった画学生たちの保護者代表のような顔をしてふるまうことへの抵抗感なのか、それとも周辺から自分によせられる感謝や期待に対する一つの照れかくしのような感情なのか、自分でもそれははっきりとわからなかったが、とにかく私は、戦没画学生の絵をあつめてまわることが他者から誉められたりすると、その場から逃げ出したいほどのいたたまれなさを感じるのだった。ことによったら私は、そうした「後ろめたさ」から自分を解放するために、あえて一人で借金を背負いこんで苦労を買って出ようとしているのかもしれないと思った。

わかってはもらえない気持ちだろうけれども、私はいっぽうで「無言館」建設が失敗に終わればいいと思うことがあった。全力をつくしたうえで、けっきょくは美術館は建たなかったことになればいい。あこがれの「無言館」は夢のままで終わればいい、そう思うことがあった。むしろ「無言館」が現実にこの地上に生まれるより、そのほうが自分にとって何倍も充実した答えになるという気がしたのだった。

今私に一番重要なのは、現実に「無言館」をつくるということより、こうやって一軒一軒全国のご遺族のもとを訪ねあるくことなのではないだろうか。額に汗をながし、足にマメをつくり、遠い北や南に住むご遺族の家の戸を叩き、ボロボロになった画学生たちの絵とむかいあうことが、自分にあたえられたただ一つの任務なのではなかろうか。それはけっして、自分が「無言館」建設のヒーローになったり覇者になったりすることではない。画学生慰霊の英雄（？）になることでもない。そんなものになってしまえば、何だか自分がやろうとしてきた本当のことがうしなわれてしまう気がするのだ。

「私は野見山先生たちが五十年間沸かしつづけてきたお湯で、インスタントラーメンみたいにたった三年間で美術館をつくろうとしている人間なのです」

とは、私が新聞社などからインタビューをうけたとき（最近そういうことが多くなった）のキマリ文句である。

その答えに今も変わりはない。私にはじっさいに戦地で同級生や先輩後輩をうしなった野見山さんのような心の傷なんてないのだ。他人に語ってきかせられる苦労話一つないのだ。「無言館」は野見山さんのような体験をもつ人びとが、戦後五十年間もんもんと抱きつづけてきた熱い希《ねが》いであり、いわば心の中にすでに建てられている美術館なのである。だとすれば、傍観者の私にあたえられた仕事は、その「五十年間沸かしつづけられてきたお湯」を冷まさぬタネ火を燃やしつづけることでしかない。全国の遺族巡礼も、遺作や遺品の収集や修復も、そんな私のインスタントラーメンづくりのうちの一つなのだと思う。

そういうふうに考えると（そう結論づけると）、私はその瞬間だけ自分を縛りつけている「後ろめたさ」や「自信の無さ」を忘れることができた。

ある夜のことだった。私が寝起きしている「信濃デッサン館」の奥の部屋の電話が鳴った。

「クボシマさん、ですね」

声の主は私と同年齢ぐらいの中年男性だった。

「私はあなたが先月訪ねてこられたX県のSという者の息子にあたる者ですが……」

X県のSさんといえば、たしかに私が先月の初め頃に訪問したある戦没画学生の義妹にあたる老女性の名であった。相手はそのご子息、つまり当の画学生の甥御さんにあたられる人のようだった。

「じつはあなたがウチからもっていった伯父の絵のことなんですよ」

声の主は話しはじめた。

「私が会社に出かけた留守中のことで、母が一人で決めてあなたにその絵をわたしてしまったらしいんですが、何しろ年寄りのことでもありますんで、一応私から念のためお聞きしておこうと思うんです」

私は受話器をにぎりしめた。

「あなたは伯父の絵をいったいどうなさるつもりなんでしょうか?」

男性の声はひくかった。

「どうなさるといいますと……」

「いや、つまり、あなたの建てようとしている美術館はけっきょくは営利目的じゃないんですか」

「はぁ……そういわれればそうかもしれません。個人経営の美術館ですから……」

「ふむ。そうすると、うちの伯父の絵はあなたにとっては一つの商品というか、その美術館で見世物になる作品の一つというわけですね」

見世物……と私は声に出さずにつぶやいた。

「見世物というのはちょっとちがう気がします。そんなつもりでご遺作をお預かりしたわけではありませんし、営利目的といってもはたしてやってゆけるかどうかわからないような小さな施設ですし……」

もっと別の反駁《はんばく》のしかたがあるはずだと思っているのに、うまく言葉がでてこなかった。

「しかし……」

と相手はいった。

「いくら小さな施設で、営利が目的ではないといったって、何かがトクにならなければあなただってそんな仕事はしないわけでしょ？　全国あちこちを訪ねて、いろんな画学生の絵をあつめているそうですし、常識から考えてもそれは何か利益になることがあってのお考えなんでしょ？」

「いいえ、こんどの美術館はそんなふうな利益をあげるためのものではないんです」

私は自分の声がしぜんにふるえてくるのを感じた。

「いずれにしても、賃貸料もナシで、初対面のアカの他人のあなたに絵を貸してしまったというのは、当方としてもちょっとうかつなことでしてね。まぁ、私の母は人の善い年寄りなので、ついあなたのことを信用して貸したんでしょうけれど……」

私はSさんの家を訪ねたときの、戦死した義兄の思い出をなつかしそうに眼をつぶりながら話してくれた、皺《しわ》ばんだSさんの顔を思いおこした。画学生の甥御さんのいうとおり、善良そうな腰のひくい老女性だった。何しろ五十年も昔のことですしね、もう私が死んだら、家ではこの絵をだいじにしてくれる者などおりませんから、といって、Sさんのご主人のお兄さんが戦地で描いたという二点の小さな油絵を、自分の手で新聞紙にくるんで私に手わたしてくれたのを思い出した。この電話の主は、ほんとうにあの女性の息子さんなのだろうか。

私はツバをのんで、

「それでは、お預かりした絵をいったんご返却いたしましょうか。またお母様とご相談の上、意向がはっきりした段階で、私があらためてうけとりにうかがうことにしたらいかがでしょう。私としてもご遺族の方々のお気持ちを一番優先して考えたいと思っておりますので」

そういった。

すると、

「いやいや、私は何もそんなことをいっているんじゃないんです。母が貸したものは貸したものですし、いまさらそれを返してくれなどといおうとは思っていません」

「それでは、どういうふうになることをお望みなんですか?」

「どうも……そんなにかしこまられても困りますな。べつに私は、そちらの美術館がどのような美術館なのか知りたいと思ってお電話申しあげているだけなんですから」

「……」

「つまり、ですね。私たち一般人から見ると、今度のあなたのやろうとしているご計画は、ほんらいお国でやるべき仕事のような気がしてならないんですよ。何といっても、私の伯父たちはお国の命令で死んでいったわけですからね。そんな学生たちの絵をあつめて保護しようという事業なんですから、イの一番に国がのりだしてもバチは当たらないだろうと思うんです……それを一個人であるあなたがやろうとしていることに、私なんかはあなたの才覚をみる思いがします」

「才覚？」

「ええ、才覚といっては失礼かもしれませんが、いわゆる目のつけどころですね。戦後五十年をすぎて、私たち遺族がもうほとんどあきらめかけていたときに、あなたはやってきた。もうお国なんか信用できないと思っていたところに、まるで救世主のようにあらわれた。母親からその話をきいて、私は世の中にはウマイ商売を考えつく人がいるものだと思いましたよ」

「……」

「いや、誤解しないでください。だからといって私は、遺族の一人としてあなたの仕事の成功を祈っていないわけじゃないんです。ぜひあなたには、その美術館を完成させてもらいたいと思っているんです」

そこで電話の主はいちだんと声をひくめた。

「母親がどうしても、といってきかないものですからね……ごく些少ですが、後日そちらへ寄附金を送らせていただこうと思っているんです。私なんかとちがって、母はとっても純朴ですからねぇ、すっかりあなたのファンになってしまって、私がいくらいってもきかないんですよ。……まぁ、それと、母親の年齢ぐらいになると、もうあなたを疑ったりする時間の余裕がないのかもしれませんね。たとえあなたが信用できない人物であっても、今となってはあなたにすがって伯父の絵を預けるしか方法がないのかもしれない……」

私は凍りついたような気持ちで受話器に耳をおしあてていた。

21

十二月初めの北海道江別《えべつ》は粉雪だった。

私はテカテカに光った凍て道にときどき足をとられそうになりながら、前をゆく三岸好太郎美術館の学芸員苫名《とまな》直子さんのあとに遅れまいとけんめいにあるいていた。さすがに地元暮しのながい苫名さんはあるきかたがじょうずで、都会のゴム底靴の私より何倍も足運びがはやかった。

江別駅のロータリーから右手の道を港方面にむかってしばらくあるくと、つきあたった通りが左手に折れて、すぐに「日野病院」という看板のある灰色っぽい建物が眼に入った。病院の入り口には何やら書いた掲示板のようなものがぶらさがっていて、二階の病室の窓にはどこも黒いカーテンがひかれ、一目みて病院がすでに閉鎖されていることがわかった。こまかな白い雪ツブが、しんと静まりかえった廃院の建物にまるで塩でもふりかかるように舞いおちている。私と苫名さんは、自動車がおいてある簡易ガレージのよこにある小さな玄関の前に立って呼び鈴をおした。

出迎えてくださったのは、日野病院の創業者であり初代院長だった日野本男氏のご長女の横井輝子さんだった。輝子さんのご主人潤二氏もお医者さんで、日野本男氏が昭和四十六年八月に他界されたあと病院の経営をつがれたのだが、その潤二氏も平成六年に亡くなり、ついに「日野病院」は閉鎖のやむなきにいたったのだそうだ。

「オオエさんの絵をおさがしになっているんでしょう?」

横井輝子さんは二階の応接室に私たちを通されたあと、部屋のすみに用意されていた紅茶ポットにお湯をそそぎながら、ちょっと茶目ッ気のあるいいかたでそういわれた。

オオエマサミ——大江正美は北海道に生まれた画学生だった。大正二年にこの江別市に近い野幌《のっぽろ》(現・江別市野幌町)というところに出生し、しばらく札幌の提灯店の職人として働いていたが、独学で絵を学んで昭和七年の第八回「道展」に初出品、翌年から四回連続の入選をはたし、昭和十五年に会友に推挙される。その後「国画展」にも何回か入選、皇軍郷土部隊慰問献画展、札幌美術家連盟展などにも参加し、台湾の台北で個展をひらいて、その売上げを皇軍慰問に献上したこともあったという。

しかし、大江正美の場合もなぜか出征年月日ははっきりしていない。独学の絵描きの卵だったので、美校生のように学籍簿による記録ものこされていないし、ふしぎなことに役場への届けにもそうした応召者の名はない。本人の生前の話からすると、出征後海軍に所属し、南方に従軍してあちこちを転戦、昭和十八年にコレラ船にのって江別に帰ってくるのだが、従軍中に罹ったマラリヤが再発して、以前から生活のめんどうをみてもらっていた日野病院に入院、同年そこで息をひきとっている。帰還後、わずか半月ほどの生命だった。治療代の一部のつもりだったのだろうか、それまでの院長の好意に対する謝意のつもりだったのだろうか、日野病院のもとには大江のたった一点の油彩画「白い家」がのこされているという。

私がこの大江正美のことを知ったのは、何年か前三岸好太郎美術館で開催された展覧会「北の夭折画家たち」のカタログを見てであった。じっさい私はこの展覧会を見ておらず、たまたま信州へ送られてきた同展のカタログ中にあった展覧会担当の学芸員苫名直子さんの解説文をよんで、初めて大江の存在を知ったのである。「北の夭折画家たち」展には、他に三岸好太郎とも交流をもっていた小山昇とか武智肇とかいった数名の北海道出身の戦没画家のことも紹介されていたが、私は何となく大江正美の作品と生いたちに興味をもった。カタログに刷りこまれている「白い家」という絵の、どこか幻想的な愁いをふくんだ昏《くら》い色彩感にも魅力を感じたが、それいじょうに札幌の提灯職人だったという大江の根なし草的な人生のありように惹かれたのだった。

独学、という点も新鮮だった。これまで「無言館」に収蔵された画学生は、そのほとんどが東京美術学校出身者である。最近「無言館」のことを知って、二、三の帝国美術学校（武蔵野美大、多摩美大の前身）を出た画学生のご遺族からも問い合わせがきていて、私はすでにそうした家々への旅支度もはじめていたが、大江のように独学というのはめずらしかった。考えてみれば、画学生は何も美校に学んだ学生ばかりをいうわけではない。大江正美のように、学校には通わずに絵を志し、その道半ばで戦地に散華した若者も少なくはなかったはずである。あるいは美校に入る前の予備校ともいえる絵画塾や専門学校に通っていて、その途上で応召せねばならなかった若者もいただろう。

ともかく、私はその大江正美という北国に生まれたどことなく孤独な匂いのする無名画家がのこした絵をむしょうに見たくなって、すぐに三岸好太郎美術館の苫名直子さんに電話をかけ、現在も「白い家」をだいじにされているという江別の日野病院までの同行をおたのみしたのだった。

「これが、オオエさんの白いおウチを描いた絵なんですよ」

白いおウチといっても、ホラ、うしろの暗い森の中におウチがとけこんでしまって、よく見ないとわからないでしょ？　輝子さんが新聞包みの中から、古びたカンバスに描かれた五十年前の大江正美の油絵を取り出してそういう。

想像した通り心にしみる絵だった。カタログだけではわからなかったが、画面はいちめん仄暗い濃緑色と紺色とにそめられていて、藍《あい》色にひろがる空の手前にぼんやりと「白い家」がうかびあがっている。黒く沈んだ背景の闇と、遠くにのびる山の稜線との微妙なかさなりあいが、北海道の曠野《こうや》をはしる車窓からみえる夕暮れの田園風景を思わせる。ただ、大江のこの風景の特徴は、どこにも人間の住む安息の家の灯りがみえないことだろう。輝子さんがいう通り、森の中にほんのりと白くうかぶその家は、どこかマボロシの世界に置き忘れられた非現実な風景の一部みたいに見える。

「この絵を描いた頃の大江さんを、輝子さんはご記憶ないんですか？」

私がきくと、

「ええ、私はその頃東京の学校に行ってましたので、直接には大江さんを存知あげませんでしたの」

当時輝子さんは東京の音大で声楽を学んでいたそうだった。

「そうですか……でも、お父上の本男さんは、大江さん以外にもたくさんの絵描きさんのめんどうをみていらしたそうですね」

「はい。父は芸術家が好きというよりも前途ある若い人たちがみんな好きで、有名になった三岸さんや小山さんや、たくさんの絵描きさんとも付き合いがありました。その中には父が生活を助けてあげていた人も何人かいたようです」

私もそのことは「北の夭折画家たち」展の苫名直子さんの文章で読んで知っていた。当時の日野病院の院長日野本男氏といえば、道内の若い画家をそだてることに情熱をそそいだ人だった。大正八年に「日野病院」を開業していらい、病院には患者でもないのに何人もの若い画家が出入りしていた。札幌に生まれた稀代の幻想的前衛画家三岸好太郎（気がついてみると三岸もたしか絵は独学だったのではないだろうか）をはじめとして、前述の小山昇、あるいは菊地精二といった新進画家が日野氏の世話になっていた。閉院時間をすぎても待合室にウロウロしているかれらを見つけると、「絵具代の足しにでもしなさい」といって看護婦や夫人に何十円かをもたしてやるのがつねだった。そんななかに大江もいた。大江は仲間の中でもいちばん貧乏で、しばらく小山昇の家にも居候していたことがあるらしい。出征して従軍中にマラリヤに罹《かか》り、コレラ船をおりてすぐ日野病院に倒れこんだときにも、戦地から持ち帰ったボロボロの雑嚢の中に、丸めて巻いた油絵の画布が二、三枚入っていただけだった。

「大江さんの絵はこれ以外にはのこっていないんでしょうか」

私が「白い家」を見つめながらいうと、

「現在、北海道立美術館に二点だけ収蔵されています。といっても、公開作品としてではなく、参考資料として保管されているだけなんですが」

かたわらの苫名直子さんが少し残念そうに答えた。

いつかその絵にも出会ってみたい、いや、できればその絵も「無言館」にならべてみたい、と私は思った。資料扱いになっているということは、道立美術館でも大江正美をまだ一人前の画家として認知しているわけではないのだろう。あくまでも道内出身の戦死した画家の一人として「保管」しているにすぎないのかもしれない。そう聞くと、よけい大江正美の今一つつまびらかでない出生や経歴についての関心がふかまった。

「大江さんが生まれた野幌というところはここから近いんでしょ?」

「ええ、でも調べてみたんですが、野幌にはどこにも大江さんの血縁の人は見当たらないんです」

またもたちはだかる戦後五十年の壁だった。苫名さんの話では、今のところ大江正美の生家や親族の所在はまったく不明であるということだ。いつ出征したのか、どこの戦地で罹病したのか、どんな家でそだち、どのような人生をあゆんで三十歳まで絵を描きつづけていたのか、札幌の提灯店につとめていたというがそれはどこなのか、どんなグループに所属していたのか、大江についてはほとんど何もわかっていないという。このさみしさのかたまりのような「白い家」という風景画を描いた画家は、ただ日野病院で戦病死をとげたというじじつだけをのこしてこの世から消えてしまっているのだ。

しかし、それだけに臨終を看取った日野本男院長と大江正美とのあいだには熱い信頼関係があったのではないかと想像できる。コレラ船で舞鶴港に着いて、息も絶えだえの身体をひきずって復員列車で帰郷、その足で大江は日野病院にむかう。そのときすでに大江には自分の死期がわかっていたのかもしれない。死病の床で日野院長に手わたした絵が「白い家」だったとすれば、正確な制作時期はともかくとして、やはりこれは大江の絶筆の絵だったといってもいいだろう。少なくとも大江は、この作品を自分の唯一の生命の証として日野院長に託したのであったろうから。

私がぼんやりした顔をしていると、

「こんどのお話は、天国で父が聞いたらほんとうによろこんでいると思いますわ。父があんなに愛していた大江さんの絵が、クボシマさんの美術館に飾られることになったんですから……本人の大江さんより父のほうがもっとよろこぶかもしれませんよ」

輝子さんがいった。

「私、何だかクボシマさんが、死んだ父のかわりにこれから大江さんの絵を守ってくれる人のような気がして、何日も前からウキウキしていましたの。そして、つくづく大江さんっていう人は幸せな絵描きさんだなって思ったんです。死んでからだって、こうやってたくさんの人に自分の絵をみてもらうことができるんですからねぇ……」

たしかにあの戦争下、何百万という若い生命が戦場に散った。満州で、ルソン島で、硫黄島《いおう》で、ビルマで、ニューギニアで、マレーで。あるいは内地の病院で。その大半が後世に生の痕跡すらのこすことない無名青年の死だった。しかし、神から「絵を描くこと」をあたえられた画家たちだけは、絵というもう一つの生命をのこすことができた。そういう意味では、画家には二つの生命があるともいえるのだった。生身の生命は爆弾に奪われても、作品にこめられたもう一つの生命はその絵があるかぎりこの世に生きつづける。日野本男という人はお医者さんだったから、絵描きたちがもっていたそういう「二つの生命」にかかわることができたのだな、と私は思った。

帰りは、輝子さんが愛車で私と苫名さんを江別の駅までおくってくださった。いつのまにか外の雪はやんでいた。

車中、ハンドルをにぎった輝子さんが、

「無言館っていい名ですね……クボシマさんがつけられたのですか?」

そうきかれたので、

「はい」

と私はうなずいた。

大江さんという人も、ふだんからあまりしゃべらない静かな人だったと父がいっていましたから、お似合いの美術館の名だと思いますよ。大江さんだけではなく、小山さん菊地さんも、あの頃の若い絵描きさんたちはみんなおしゃべりじゃなかったみたいです。きっといいたいことがあっても、うっかり口にはできない時代だったからかもしれませんね。でも、そのぶんだけ今の人より何倍も絵を描くことには真剣でした。何しろあの人たちが無口でなくていいのは、絵を描いている時間ぐらいなものでしたから。

でも、なぜ無言館という名をつけられたのですか？　と輝子さんがきいてこられなかったので私は少し安堵した。いつもそうきかれて、うまく答えられないことが多かったからだった。たしかに「無言館」の命名者は私だったけれども、それはしぜんに心のおくから湧き出てきたような無意識な名であった。なぜそういう名なのかと問われても、うまく説明ができない。説明しようとすればするほど、理屈づけようとすればするほど、かんじんなことが逃げてゆく気がするのだった。自分はいったい、どんなつもりでこの名をつけたのだろうか。

江別駅で自動車をおりるとき、輝子さんは風呂敷につつんだ「白い家」を私に手わたしながら、

「それではよろしくお願い申しあげますね、これは大江さんという人がこの世に生きていたたった一つの証拠です。……亡くなった父もムゴンカンの無事開館を祈っていると思います」

そういった。

やんでいた粉雪がまた舞いはじめたようだった。

飛行機が千歳空港から松本空港へ着くあいだ、私はずっと大江正美のことを考えて

いた。画道半ばで出征し、南方の見知らぬ異国で病に罹り、とうとう生きて絵を描きつづけることができなかった一人の青年のことを考えていた。

ふしぎだったのは、今回の江別の「日野病院」への訪問が、これまでの巡礼旅では味わったことのない種類の充足感を私にあたえていることだった。それは大江正美が東京美術学校卒業者ではなく、独学で絵を勉強した人であり、また野見山さんの編まれた『祈りの画集』にも登場してこない自分が発見した画家だったからかもしれなかった。ナゾの多い、これから調べなければならない不明点の多い無名画家だったこともかえって私を昂揚させていた。これまでの二年半にわたる旅の中でも、こんなふうな気分になったことはなかったような気がする。二年半かけて、私はようやく自分一人の足でかれらを訪ねることができるようになったのかもしれないと思った。今度の旅の収穫を野見山さんに報告したら、きっと先生もよろこんでくれるのではないだろうか。

そのとき、私はふと、いつか鹿児島の種子島を訪れたときに画学生日高安典さんの弟の稔典さんがいっていた言葉を思い出した。

「クボシマさん、何かと苦労も多いかと思いますが、どうか、がんばってください。私たち遺族のためにも夢をかなえてください。もしあなたが個人の美術館主でなかったら、私はあなたに兄の絵を預けなかったでしょう。お国の命令で戦地で死んだ兄の絵を、ふたたびお国に預ける気はしませんでしたから……」

それはこれまでにも、折にふれて何ども私の心によみがえってきた言葉だった。私はふいに胸に何か灼《あつ》いものがたかまるのを感じて涙ぐんだ。そしてやっぱり自分は何としてでも「無言館」をつくらねばならないと思った。稔典さんは遺族のためにといっていたが、そうではなかった。死んでいった画学生や遺族のためというのではなく、野見山さんのためにというのでもなく、今ここにこうして生きている自分のために、何より絵を描くことに真一文字につきすすんで燃焼して逝ったかれらの美しい生命のために、「無言館」をつくらねばならないと思った。他人から見てその仕事がどう思われようとかまわない、どんなに愚かな仕事と思われてもかまわない、すべては自分の問題なのだから、と私は自分にいい聞かせた。

「無言館」開館の日に　――あとがきにかえて

去る平成九年五月二日、私が長野県上田《うえだ》市の郊外で営む小美術館「信濃《しなの》デッサン館」のかたわら（正式な地名は上田市大字古安曾《こあそ》山王山）に、先の太平洋戦争で亡くなった画学生の遺作、遺品約三百点をあつめた慰霊美術館「無言館」が開館した。開館日の前日には館の前庭でささやかな記念式典がひらかれ、遺作をお預け下さった全国のご遺族約七十名、ならびに館建設にご助力いただいた野見山暁治画伯、お世話になった上田市長はじめ市関係者のかたがた多数の参列をあおいだ。当日は暑いぐらいの初夏日和で、例年より一週間も早く咲いたアプローチの山ザクラがすっかり葉桜になっていた。

ご遺族のなかには高齢やご病気を理由に出席を辞退されたかたも何人かおられた。直前まで参加をたのしみにされていた故伊澤洋さんの兄民介さん、故佐久間修さんの未亡人静子さん、故高橋助幹さんの姉静江さんの姿はなかった。徳山の原田さんご遺族からも、家業がいそがしくてどうしても都合がつかないとの手紙をもらっていた。しかし、鹿児島県種子島から駆けつけた故日高安典さんの弟稔典さん、静岡県浜松からこられた故中村萬平さんのご子息暁介さん、青森県弘前市の故千葉四郎さんの姪吉井千代子さん、九州門司の故吉田二三男さんの妹晴子さん、東京新宿の故太田章さんの妹和子さん、三鷹の故伊勢正三さんの兄朝次さんご家族、その他見おぼえのあるたくさんのご遺族が顔をそろえられた。ご遺族は手に手に白い花束をもたれたり、手首に数珠を巻かれたりしていた。テープカットが終わって、三々五々一列になって館内に入ったとき、もう眼を真ッ赤に泣きはらしているご遺族もあった。

私はそうした参列者たちを見ていて、ふとそんな中に自分の老いた養父母がいるような錯覚にとらわれて眼をこすった。絵の前に合掌するような姿勢で立ったままいつまでもうごこうとしない人や、熱心に資料ケースの中の遺品をのぞきこんでメモをとったりしている人々にまじって、先年八十七歳、八十二歳で他界した窪島茂、はつの丸くちぢんだ小さな背中が見えるのだった。私の瞼に、その二人の背におぶわれて戦火をくぐった幼い日の暦がゆれた。もし二人が生きていたなら、この美術館の開館をイの一番に祝福してくれたのはその人たちだったのではなかろうかと思った。

参列者の最後尾に今年七十八歳になる生父の姿もあった。何年か前から隣村の八重原に仕事場をもっている父は、前日「誠ちゃんオメデトウ」という電話をくれ、その日身体の不調をおして開館の祝いに加わってくれたのだった。付き人に添われて控え目に館内をあるく父の姿は小さかった。養父母ほどではなかったが、私が戦後三十年ぶりに対面したときよりずいぶん父の背中も丸くちぢんで見えた。

ふりかえってみれば、私はそうした自分の生命をこの世に送り出してくれた何人もの恩人たちにむかってこの美術館をつくろうとしていたような気がする。もっと正直にいうなら、自分がこれまであるいてきた五十年の道のりの、怯懦《きょうだ》と欺瞞《ぎまん》とにみちた不心得な日々を、その人たちに洗いざらい、告白するために「無言館」を建てようとしてきた気がする。それはおそらく、この歳になって私がはじめてその人たちにはたすことができた子としての義務でもあったのだろう。そしてそのことは、せめても今の私にできる精いっぱいの「戦後処理」になるのではないかとも考えたのだった。

「まるで教会みたいな建物ですね」

参列者のだれかにそういわれて気づいたことだったが、いわれてみれば私がシロウト設計したこの「無言館」は、見ようによっては、塩田平の緑にかこまれて、遠いヨーロッパの丘の上に建つ教会か僧院でも連想させた。これといった愛想のない安普請のコンクリート造りの建物が、空から見ると十字架のように見えるというのも人からきいてはじめて知ったことだった。たしかにそれは、戦争で死んだ画学生だけではなく、この三年間その画学生の絵を狩猟することによって必死に生きのびようとした私の、ゆきつもどりつした巡礼旅の歳月を封印しておく「棺《ひつぎ》」のようにも思われた。それはまさしく、私の「戦後」を閉じこめて重い錠をおろした一個の巨《おお》きな「棺」にちがいなかった。

参列者が丘の下の祝宴場に去ったあと、私はしばらく石畳のアプローチにたたずんで「無言館」を見つめていた。五十五歳にもなって恥ずかしかったが、戦争であれ平和であれ芸術であれ、私はまだこれから人にむかって何かを伝えてゆく側の人間ではなく、自分がつくったこの美術館から何かを伝えられてゆく側の人間なのだと思って胸がつまった。

一九九七年十一月十九日

窪島誠一郎

新装版刊行にあたって

この本が初版元である小沢書店さんの手をはなれ、白水社さんからの新装本として再刊されるにあたって、あらためて何か一言を、という担当者からの申し出だけれども、今さら取りたててこの三百六十余枚の稿に付け足す言葉はない。「無言館」という美術館が開館してすでに丸五年がすぎようとしている今、建設に至るまでの道のりをつづった五年前のこの文章の細部には、ここも訂正したいここも書き直したいという箇処がないわけではないのだが、いざペンを執ってみると何も書き直せないというのが正直な気持ちである。

脱稿したときに、あれほど気にかかっていた最終章の尻すぼみなペンの置きかたや、どこか情緒的、感傷的にすぎたきらいもないではない戦没画学生のご遺族に対する同情や共感、それにともなう私自身のつたない内省告白にもふしぎと後悔はない。ところどころに散見される自虐的でさえある自らの「戦後」否定や、今は亡き養父母への鎮魂の思いにも変わりはない。あのときはあのときで、たぶん私はこうだったにちがいないといった懐かしい確信がこみあげてくるだけ、とでもいったらいいだろうか。

ただ、五年経ってこうして読みかえしてみると、全国五十数ケ所におよぶ戦没画学生のご遺族宅を訪ね歩き、かれらの遺作や遺品とむかいあったあの当時の何ともいえない「後ろめたさ」や「居心地の悪さ」は、今もまったく変わらず私の心奥に棲《す》みついているものであることに気づかされる。というより、そのどこにももってゆきばのない重い澱《おり》のような感覚は、開館五年の月日をへた今、私の体内でいっそう深まっているかのようにさえ思われる。私はこの本を書いたことによって、現実に「無言館」を建設したことといじょうの罪と罰を自分にあたえたといっていいのかもしれない。

その意味において、これまでに書いた幾多の「無言館」についての本のどれよりも、本書は私がなぜ「無言館」をつくったかという原初の志を私自身に伝えてくれる、大切なバイブルであることはまちがいないだろう。

二〇〇二年二月末日

窪島誠一郎

解説——「無言館」が語りかけるもの

無言館に展示されている絵画の数々は、文字通り無言である。館内は静謐に包まれている。訪れた人は、絵の前をゆっくりと歩んでいく。すると、誰もがどこかで足を止める。そこにある一枚の絵が、何かを言いたそうにしているからだ。

何を伝えたいのだろう。そこに佇んでいると、やがて一枚の絵が、重い口を開く。

「家族の団欒の絵だけれど、実際には、こんな団欒風景は経験していないんだよ」

「この裸婦の像は、誰がモデルだと思うかな?」

「もっと絵を描いていたかった。その気持ちが、わかってもらえますか?」

この問いかけに、何と答えればいいのだろう。

無言館は、第二次世界大戦で没した画学生の慰霊を目的につくられた美術館だ。著者の窪島誠一郎氏が館主の美術館「信濃デッサン館」の分館として一九九七年に開館した。

展示されている絵画は、自らも出征した画家の野見山暁治氏と共に全国に散らばる戦没画学生の遺族を訪問しては収集した。本書では、その過程が描かれると同時に、その中に著者の「捨てられた」自分を育ててくれた養父母への複雑な思いが点描される。

著者は、作家の水上勉氏の実の子だが、貧しかった水上氏は、生まれたばかりの息子を他人に預ける。ただし、誰に預けたかは知らなかった。やがて戦災で預けた家は消失。預けた子は亡くなったと思っていた。

一方、窪島氏は成長するにつれ、窪島家の両親が実の親ではないらしいことに気づく。しかし両親は頑なに否定する。本当は息子が離れていくのを恐れていたためだったことに、窪島氏は長じて気づくことになるのだが、思春期の若者は、養父母を憎むようになる。

そして劇的な実父との再会。実父は名だたる作家になっていた。当時、大きなニュースになったので私も覚えている。

窪島氏は一躍時の人になるが、養父母とは疎遠になっていく。苦労して育てた養子に捨てられてしまった老夫婦。その思いやいかに。

やがて窪島氏は、苦労しながら自分を育ててくれた養父母の愛情に気づく。養父母が生きている間に気づけなかったことへの悔恨。戦争ですべてを失ってしまった養父母の苦労に思いを致すとき、窪島氏の養父母への思いは、戦争の犠牲になった人たちへの鎮魂の願いとなって、「無言館」建設へと結実する。

絵を美術館に預からせてほしいと遺族を訪ねると、そこでの会話から若者たちの人生の数々が立ち上ってくる。豊潤であったはずの人生が断ち切られていた。それぞれの青春があったのに。

戦没した若者が残した絵画。その親にしてみれば、かけがえのない遺品だが、その孫あるいは甥あるいは姪の世代になると、どうしても思いは薄くなる。維持し続けるのが困難になる。

放っておけば散逸・消失してしまう絵画を集めるのは意義のあることだが、その反面、窪島氏にしてみると、遺族にとっては「絵を奪われる」という気持ちになるのではないかと考えてしまう。

本書は、そうした遺族の逡巡と窪島氏のためらいが交差する。ときに錯綜する。

ここで、さて、と考える。画学生たちは、何のために絵を描き続けたのだろうか。みんなに見てもらいたいという思いがあったことは確かだろう。高値で売れれば生活の足しになると思っていた若者もいたかもしれない。それでも、発表の当てもないまま一心に描き続けた若者を突き動かしたものは何だろうと考えてしまう。

答えは見つからない。次に無言館を訪れたときに、そこに展示されている絵に訊ねてみようと思いながら本書を読み進むと、答えがあった。戦没画学生の孫にあたる二四歳の女性が、こう言ったという。

「おじいちゃんの絵はたくさんの人に見てもらいたがっている。だからこのまま家の中においたままでは可哀想」

そうか。彼らは、たくさんの人に見てもらいたいのだ。それが創作意欲の原動力だったのだ。それが自己実現であったのだろう。

であるなら、多くの人が無言館を訪れること。それが、戦争で断ち切られた夢を実現してあげることなのだ。

当時、日本は貧しかった。誰もが生きていくのがやっとの時代に、東京美術学校（現在の東京藝術大学）に子どもを進学させることが如何に困難なことか。それでも子どもを送り出した親たちの愛情。その愛情が戦争によって断ち切られる。

愛する息子を戦争に奪われた両親の悲しみ。その両親もこの世を去ると、戦没した若者への思いは次第に遠ざかる。

だが、この無言館には、若者たちの生きた証が存在する。

この若者たちが、その後も生きていくことができたなら、どれだけの作品がこの世に生まれたことだろう。

この無言館には、生まれることのできなかった芸術品の叫びもまた、充満している。

残されたスケッチブックの余白に書かれていた画学生の言葉。

「小生は生きて帰らねばなりません

絵をかくために」

この思いを断ち切ったのは誰か。無言のまま戦争を告発する。これは、その物語だ。

二〇一八年二月

ジャーナリスト　池上　彰

本書は一九九七年に小沢書店より刊行され、
二〇〇二年に白水社より刊行された。

無《む》言館《ごんかん》
戦没画《せんぼつが》学生《がくせい》たちの青春《せいしゅん》

二〇一八年 四 月一〇日 初版印刷
二〇一八年 四 月二〇日 初版発行

著 者 窪島誠一郎《くぼしませいいちろう》
発行者 小野寺優
発行所 株式会社河出書房新社
〒一五一－〇〇五一
東京都渋谷区千駄ヶ谷二－三二－二
電話〇三－三四〇四－八六一一（編集）
〇三－三四〇四－一二〇一（営業）
http://www.kawade.co.jp/

ロゴ・表紙デザイン 粟津潔
本文フォーマット 佐々木暁
本文組版 株式会社創都
印刷・製本 中央精版印刷株式会社

Printed in Japan ISBN978-4-309-41604-5

特攻

太平洋戦争研究会〔編〕　森山康平　40848-4

起死回生の戦法が、なぜ「必死体当たり特攻」だったのか。二十歳前後の五千八百余名にのぼる若い特攻戦死者はいかに闘い、散っていったのかを、秘話や全戦果などを織り交ぜながら描く、その壮絶な全貌。

消えた春　特攻に散った投手・石丸進一

牛島秀彦　47273-7

若き名古屋軍《中日ドラゴンズ》のエースは、最後のキャッチ・ボールを終えると特攻機と共に南の雲の果てに散った。太平洋戦争に青春を奪われた余りに短い生涯を描く傑作ノンフィクション。映画「人間の翼」原作。

戦火に散った巨人軍最強の捕手

澤宮優　41297-9

戦前、熊工の同期川上哲治とともに巨人に入団し、闘魂あふれるプレーでスタルヒンやあの沢村をリードした、ナイスガイ吉原。その短くも閃光を放った豪快なプロ野球人生と、帰らざる戦地の物語。

永訣の朝　樺太に散った九人の逓信乙女

川嶋康男　40916-0

戦後間もない昭和二十年八月二十日、樺太・真岡郵便局に勤務する若い女性電話交換手が自決した。何が彼女らを死に追いやったのか、全貌を追跡する。テレビドラマの題材となった事件のノンフィクション。

激闘駆逐艦隊

倉橋友二郎　41465-2

太平洋戦争南方戦線での、艦隊護衛、輸送の奮闘記。涼月では、砲術長として、大和海上特攻にも参加、悪戦苦闘の戦いぶりの克明詳細な記録である。

大日本帝国最後の四か月

迫水久常　41387-7

昭和二〇年四月鈴木貫太郎内閣発足。それは八・一五に至る激動の四か月の始まりだった――。対ソ和平工作、ポツダム宣言受諾、終戦の詔勅草案作成、近衛兵クーデター……内閣書記官長が克明に綴った終戦。

著訳者名の後の数字はISBNコードです。頭に「978-4-309」を付け、お近くの書店にてご注文下さい。